A MULHER DE 60 ANOS

SOBRE O ENTARDECER, LAVABOS E ESPÁTULAS

LUCIANA FRANCO

ILUSTRAÇÕES
PAULO LARA

A MULHER DE 60 ANOS

SOBRE O ENTARDECER, LAVABOS E ESPÁTULAS

Copyright © 2017 by Editora Letramento

Diretor Editorial | **Gustavo Abreu**
Diretor Administrativo | **Júnior Gaudereto**
Diretor Financeiro | **Cláudio Macedo**
Logística | **Vinícius Santiago**
Preparação e Revisão | **Lorena Camilo**
Capa | **Gustavo Zeferino e Paulo Lara**
Projeto Gráfico e Diagramação | **Gustavo Zeferino**
Ilustrações | **Paulo Lara**

Todos os direitos reservados.
Não é permitida a reprodução desta obra sem
aprovação do Grupo Editorial Letramento.

Referência para citação:

FRANCO, L. A mulher de 60 anos: sobre o entardecer, lavabos e espátulas. Belo Horizonte(MG): Letramento, 2017.

Dados Internacionais de Catalogação na Publicação (CIP)
Bibliotecária Juliana Farias Motta CRB7/5880

F848m Franco, Luciana

A mulher de 60 anos: sobre o entardecer, lavabos e espátulas / Luciana Franco. – Belo Horizonte(MG): Letramento, 2017.

128 p.; 21 cm.

ISBN: 978-85-9530-033-0

1. Mulheres – Belo Horizonte (Minas Gerais)- História.I. Título: sobre o entardecer, lavabos e espátulas

CDD 305.4098152

Belo Horizonte - MG
Rua Cláudio Manoel, 713
Funcionários
CEP 30140-100
Fone 31 3327-5771
contato@editoraletramento.com.br
editoraletramento.com.br

Grupo Editorial
LETRAMENTO

Ao meu pai, Dé, *in memoriam*.

Apresentação

Livros de memórias, fictícias ou não, constituem um dos mais antigos e profícuos ramos da literatura. Boa parte da *História*, de Heródoto, escrita no século 5 a.C., narra suas viagens pelo mundo grego e adjacências, durante as quais recolheu muitos de seus relatos. Entre nós, Pedro Nava legou-nos obras-primas da memória brasileira no século 20, dos costumes à cultura popular.

Luciana Franco, em sua saborosa e trágica narrativa *A mulher de 60 anos*, recupera a memória da sociedade belo-horizontina nos anos 1950 e 1960, expondo a caretice, a falsa religiosidade, o relacionamento fracassado dentro e fora da tradicional família mineira, a liberdade masculina frente ao cerceamento da feminina, o desespero de muitas mulheres presas ao círculo doméstico, o machismo arraigado, os desatinos, as comidas, as expectativas, as míopes esperanças. Um belo garimpo.

A autora resgata uma sociedade em ruínas que se mantinha com a empáfia da hipocrisia. Para parecer bem aos olhos alheios, as pessoas não se constrangiam em mentir. E como mentiam para posarem de venturosas. Em meio a tanta mentira e frustração, sobrenada a aventura humana, igual em qualquer canto da Terra. Somos os mesmos, não importa a latitude. Frágeis, breves e muitas vezes infelizes. Histórias felizes em geral não dão boas histórias. Uma sociedade de aparências é um celeiro abarrotado para grandes narrativas. Belo Horizonte não é exceção.

A mulher de 60 anos está centrada na vida de Valentina, que enfrenta a cruel realidade do Alzheimer. Sua memória se esvai e, para que sobreviva um pouco mais, ela escreve ou dita suas lembranças. Sabe, no entanto, que em pouco tempo nada disso adiantará, pois até quem ela é deixará de fazer sentido. Enquanto o apagão geral dos neurônios não chega, Valentina viaja à infância e à vida adulta, com suas esperanças e frustrações de uma vida de classe média no tradicional bairro de Santa Tereza, em Belo Horizonte, entre idas e vindas do relacionamento com o marido Giordano. Numa das suas escapadas, Valentina se torna amante de um personagem curioso desde seu nome ao comportamento. Também cativantes são Santa, Benta e Carola, criadas para louvar a Deus, porém o projeto desandou. Diante da consciência de sua doença, Valentina descobre a finitude mais dolorida que a própria morte:

"E me levam a crer que a morte não é o marco do fim da vida. A vida termina no esquecimento. Quando já não nos lembramos de nada mais, o sentido se desfez, resta apenas um corpo sem vida, uma massa que se move, anda e sobrevive. Nunca imaginei que o fim pudesse acontecer ainda em vida. Estou apavorada, tento todos os meios para não me deixar escapar mais nem um lapso de recordação, mas quando vejo estou avoada, em outro mundo, um mundo que não me traz nem alegrias, nem tristezas. Só agora reconheço o valor das coisas tristes. Quando se está triste, o sentimento está ali, à flor da pele; você sente raiva, se emociona, chora. Está viva. Existe vida na tristeza. Eu não sabia: é preferível ser triste que vazia. A dor da morte não é pior do que a experiência do nada. Sem morrer, já o sei".

A *mulher de 60 anos* é um mergulho na tristeza dessa morte que se acerca em vida. Uma morte que machuca mais que os cortes na carne que a vida reserva a todos os personagens.

Luís Giffoni

Hoje é dia 18 de julho de 2008. Tenho 59 anos. Cinquenta e nove apenas. Pode-se dizer que ainda sou jovem, uma jovem idosa, mas já fui acometida pelos sintomas da velhice e a memória me anda falhando. Estou com medo, muito medo. Apavorada, diria. Por isso escrevo. Escrevo para não perder os detalhes de minha vida, do meu passado, senão nem o presente, nem o futuro significarão coisa alguma. O passado é o que me resta. O futuro será somente recordar e seguir vivendo até onde me cabe viver. Infeliz destino dos homens. Alcançar esta etapa, onde o passado faz mais sentido que o porvir. Escrevo para me lembrar do que hoje significa minha vida. Para poder ler minha própria história. Para guardar para sempre que esquecer. Já não vislumbro possibilidade alguma. Há um caminho posto na completa obscuridade. Um caminho de trevas. Travas. O fim.

Hoje é dia 18 de julho de 2008! Assim saudei meu marido pela manhã e como tenho feito em todas as manhãs ultimamente. Ele fica feliz, alegre por me ver bem. O que ele não sabe é que olho no jornal a data antes de lhe falar.

E quando eu não me lembrar mais deste recurso? E quando eu nem me lembrar mais de ler o jornal? Porque isto um dia vai acontecer, se sigo vivendo, acontecerá inevitavelmente. Conheço bem essa doença, que não quero nem falar o nome. No tempo dos meus pais, chamava-se caduquice.

Estou aterrorizada, estou ressentida com a vida. 18 de julho de 2008... Por quanto tempo vou me lembrar que existem datas, dias, tempo? Tenho dois filhos adultos, um casal. Ainda nem sou avó. Não me conformo. Queria ver os netos chegarem, serem criados, nomearem-me "vovó". Queria ter novamente a sensação de pegar aquele ser tão frágil no colo, tão inocente, e saber que, de alguma forma, ele me pertence. É o filho do meu filho. É o filho da minha filha. De algum modo, um pouco meu também. Só que agora seria somente ternura e deleite, sem o peso das outras coisas que advêm da maternidade. Como seria bom – neném, cheiro, pele, soninho, mamadas, chorinho, acalanto. Ah, se pudesse voltar no tempo. A maternidade seria para mim tão diferente. Apenas encantamento. Nada do que vivi com meus filhos. Mas o tempo é mau. Vingativo. Cobra cada desperdício de outrora. Exibe-se valioso sem conceder segunda chance. É capitalista: quanto mais percebe a necessidade que temos dele, mais sobe seu preço, mais valor adquire. Desdenha de pechinchas, não negocia.

A doença. Para mim esse mal veio de véspera, chegou antecipadamente. Meu marido não me falou, mas eu sei muito bem o que tenho. Não sou boba, nunca fui. Pacata sim, sem sal também, mas boba, não.

Eu vi seu semblante cerrado, abatido, quando o médico lhe deu o diagnóstico. Finjo que não sei, para lhe fazer sofrer menos, se é que isto realmente ajuda. Apenas queixo que ando com a cabeça ruim, esquecendo-me de tudo, sem dar muita ênfase ao fato. Giordano é meu marido de novo. Um homem bom, estamos juntos há uma vida, com intervalos. Depois explico essa história, vamos começar do princípio, do dia em que nasci.

Fazia frio, era uma manhã chuvosa de abril. Minha mãe estava no sétimo mês de gravidez e, não imaginando que eu nasceria, foi de viagem atrás do meu pai que não voltava. Meu pai era jornalista – para tristeza de minha avó que queria que ele fosse médico ou engenheiro – e estava no interior de Minas Gerais havia três meses, cobrindo uma campanha política que já havia começado extraoficialmente. A campanha naquele tempo era feita no corpo a corpo. Distribuíam-se alimentos e promessas. Espalhavam-se boatos e discórdias. Meu pai apreciava esta balbúrdia. Havia um movimento físico a ser realizado. E estes fatos deveriam aparecer nos jornais. Os artigos de meu pai, além de serem assinados – fato raro para a época –, eram escritos em estilo pomposo, rebuscado. Ele pensava cada palavra, atenderia ela com precisão ao que pretendia comunicar? Escolhia. Gostava de ser intencionalmente polêmico e, assim, tornou-se um formador de opinião de renome. Vestia-se com garbo; frequentava gabinetes e repartições, transitava pela alta sociedade como um autêntico membro desta. Minha mãe morria de ciúmes. Um ciúme contido. Latente e doído.

Por lá mesmo, resolvi vir à vida. Nasci numa cidade que não conheço e na qual não tenho nenhum parente. Isto foi um transtorno para mim, pois sempre que me perguntavam de minha origem, eu tinha que contar todo este episódio longo e cansativo. Sempre queriam saber se, por acaso, seria eu parente de fulano, ou de sicrano e de um tal de Juca dos Ovos. Juca dos Ovos... Já criei na minha imaginação tantas histórias sobre a existência deste ser. Seria ele um comerciante, um ambulante, um mágico que teria algum número especial com ovos, uma lenda local e, portanto, colocaria e chocaria ovos? Não faço a mínima ideia. Não. Não sou parente de ninguém, não conheço ninguém, nasci ali por um acaso. Um acaso de ciúmes, pronto.

Como nasci prematura e sem os recursos dos quais dispomos nos dias de hoje, para me salvar minha mãe me punha em uma caixa de sapatos, toda envolta em algodões. Uma espécie de estufa, o que mais uma vez confirma que todo conhecimento formal origina-se de um saber fazer. Os antigos eram sábios. E eu tão pequenina. Tanto que não conseguia sugar. Assim, minha mãe vertia o leite do seio em minha boca, gota a gota. E eu a abria igual passarinho, a cada pingo.

Minha mãe precisava que eu sobrevivesse, muito. Exercia a tarefa de cuidar de mim com zelo e desespero. Pranteava só de pensar na possibilidade de eu não conseguir, não vingar. Eu tinha que vingar. Mas logo viu que eu não era lá pessoa de muita garra, muita braveza. Resolveu então me dar um nome de gente valente. Me chamo Valentina, um nome que hoje em dia está até em moda, mas que me incomodou muito durante toda a vida. Era um nome exótico demais para minha época.

Se me conhecerem vão poder me ajudar a avaliar se cumpri a sina deste nome ou não. Eu ainda não encontrei a resposta. Considero-me apática, letárgica, pouco determinada, mas já atravessei situações duras, com muita dignidade.

Aos nove meses de idade, conheci a morte. Minha avó me segurava no colo quando enfartou e morreu. Antes disso, pediu para o rapaz, que estava por acaso em nossa casa, fazendo um serviço, para me segurar, porque estava passando mal. Vi tudo: seu rosto, seu susto, sua brevíssima e profunda agonia. E mais, seu olhar, o olhar da morte: duro, monótono e vago. Eles, meus pais, achavam que eu não tinha entendido nada. Mas, no raso dos meus nove meses, aprendi que a morte é um corpo frio estirado no chão.

E entendi também que a morte é uma das coisas mais importantes da vida. A primeira coisa que minha mãe fazia sempre, ao chegar em casa, era vir até mim. Tomar-me no colo, cheirar-me, cobrir-me de beijos. Neste dia, nem me viu, nem me notou. Correu ao encontro daquele corpo cuja alma já nos observava ao longe, e desejou morrer também.

Comecei a chorar em bom som, mas o choro de minha mãe tamponava qualquer tentativa minha. Nem de longe ela percebeu minha presença. Aquela mulher, perfeita em sua lucidez, nunca tinha deixado de se ocupar de minha existência até aquele momento. Não tive dúvida: a morte é prioritária.

Minha mãe era uma mulher rara. Alta, robusta, olhos azuis, cabelo e pele claros, muito claros. Atributos incomuns para uma mulher do Nordeste, que é uma gente miúda e encardida. Da sua estirpe, conservava a dureza que só uma boa nordestina sabe ter e a sequidão de mil desertos.

Era bela, belíssima, mas do tipo de pessoa que não o sabe ser. Definitivamente, não sabia ser bonita. Não era feminina, nem atraente, muito menos sabia seduzir. Era inábil para os assuntos amorosos, aquelas pequenas querelas do coração. De forma alguma, amar fazia parte de suas aptidões. Nem de sexo gostava. Casou-se com meu pai para cumprir seu papel de mulher: procriar. Sabia que tinha que ser assim. Não lhe importava também a situação submissa da mulher no casamento, as reivindicações de minha mãe eram de cunho muito mais primitivo, eram tentativas de sobrevivência. E ela não se queixava. Era assim. Ponto.

Meu pai, não. Meu pai é um homem que aposta no amor, lhe dá grandes créditos. Todos os atributos femininos de que disponho encontrei nele. É um homem meigo, afetuoso, de olhar doce e suavidade na voz. Carinhoso, se apaixonara por minha mãe por ser uma mulher forte, decidida, destemida, totalmente diferente daquelas de seu tempo e diferente dele também. Por isso, eu tinha um sonho recorrente o qual eu nem estranhava. Meu pai aflito e choroso, de vestido e bobes nos cabelos, roía e lixava as unhas à espera de minha mãe que havia ido à caça, ao lado de bravos e valentes caçadores, enfrentar veados, lobos e as mais diversas feras.

Minha mãe viera para o Sudeste porque não suportava mais ser miserável. Ouvira dizer que por aqui tinha emprego. E ela não tinha medo, nem preguiça. O que lhe custava era conseguir meios para vir. A viagem, o caminho, o custo. Correu no armazém do Seu Tinoco. Sabia que somente lá conseguiria jeito de se por ladeira abaixo. Não gostava de ir naquele lugar, nem mesmo de frequentar o local. Seu Tinoco vendia fiado para a cidade inteira e tinha todos na mão por causa disto. Chantageava, tirava bons proveitos de todo um povoado anotado em sua caderneta. Seus pais estavam sempre em débito e ele não os deixava esquecer. Dever ao Seu Tinoco era vender a alma ao diabo. Mas existiria outra matemática possível nesta terra esquecida por Deus? A contragosto, minha mãe baixou lá. Não havia mesmo outra opção. O armazém era o ponto de encontro de tudo e todos. Tudo o que acontecia naqueles grotões do além Nordeste passava por ali. Aliás, só lá acontecia alguma coisa. E muito de vez em quando.

Foi até lá por dias seguidos e nada. Mas persistiu. Voltava dia após dia. Era uma esperança à qual se agarrara por ser a única possibilidade de sair daquela vida. Não aguentava mais ver a comida insuficiente enquanto o pai e a mãe perdiam a saúde lavrando a terra, cortando as mãos no algodão debaixo do sol a pino. Trabalho duro e ingrato, diante daquela seca absoluta, irrefreável.

Sem jamais abandonar aquela disposição própria de seu espírito que a induzia a esperar e lhe afirmava repetidamente que uma coisa haveria de suceder, voltou no dia seguinte, como vinha fazendo por mais de dois meses. O armazém de Seu Tinoco era longe. Andava léguas, pois morava na roça e não tinha nem carroça, nem bicicleta, nem sapatos. Tinha uma chinela de borracha de pneu, que vinha se desgastando devido às longas caminhadas diárias. Seu único par de sapatos era reservado para ir somente à escola e utilizado em revezamento com a irmã mais nova. Ao final da aula, ela deveria vir à casa o mais rápido possível para lhe repassar os sapatos e permitir que esta fosse ao mesmo destino no turno da tarde.

Seus pais não desconheciam seus planos, mas não lhes restavam forças para impedir ou apoiar. Já não acreditavam em qualquer possibilidade de vida que não fosse lutar para seguir vivendo, mas não queriam retirar da filha a esperança, como a vida já havia se encarregado de lhes fazer.

No armazém, minha mãe mantinha-se discreta, não era de dar papo. Não rendia assunto, não olhava para os homens. Moça nova, pobre e virgem por ali era mercadoria de alto valor e baixo preço. E ela sabia. Seu Tinoco sabia de suas intenções e se sentia, de certa forma, desafortunado pelo fato de saber que ela não se venderia a ninguém. Poderia ganhar um bom trocado negociando-a, ela era a joia rara da região. Loira, olhos azuis, magrinha, mas tinha carnes e boas cadeiras. Ancas largas. Boba e teimosa, ele lhe dizia.

Ambos sairíamos ganhando. Eu te arrumo pessoa cuidadosa, que vai lhe tratar bem, emendava. Tentava todos os argumentos para lhe convencer, ela ajudaria os pais, os irmãos, sobraria um pouco para si, poderia se dar uns regalos. Ela permanecia calada. Não o desaforava, mas fazia questão de demonstrar sua recusa. Ele era peça chave para que ela pudesse alcançar seus objetivos.

Foi num dia em que estava de certa forma desapegada de seus planos, que chegou ali um caminhoneiro que vinha "para as bandas de baixo". Um homem velho, sem escrúpulos, que se interessara por sua virgindade. Trar-lhe-ia em troca de seus favores. Minha mãe aceitou. Entregou a ele sua pureza, em troca da chance de ter alguma dignidade nesta vida. Como ela mesma dizia, foi de jeito indecente que conseguiu ter vida decente – sem nunca fazer nenhum alarde acerca deste episódio. Não era prostituta, mas designou-se um preço, fato este que nunca se constituiu um trauma para ela. Sabia que a vida não concedia favores a ninguém e, se por acaso o fizesse, para ela não seria.

Minha mãe perseguiu seu propósito de ter vida distinta. Foi uma brava guerreira. Não se pode dizer que ficou rica, mas bem de vida. Tinha um bom patrimônio quando morreu: uma boa casa, uma terrinha e uma poupança gorda. Bem além de seus propósitos, já que tudo o que ela queria era somente comida na mesa todos os dias. Isso a fez entender a lógica do capitalismo. Você acumula para prevenir que não vá faltar lá na frente. E acumula, acumula e não para mais. Até que um dia, você acha que o certo é isto e passa a funcionar desta forma. Trabalhou até seus últimos dias. A trégua não lhe pertencia. Achava aposentadoria um luxo.

De vez em quando, recordava sua vida.

Dos tempos de escassez, lembrava-se quase sempre do Natal, quando seu pai lhe deixava um doce no meio da noite. E diante do presente sempre repetido, a mesma cara de surpresa. Ela queria demonstrar-se agradecida. Era o que ele podia lhe dar. E já era bastante. No dia seguinte, ia para a única praça da cidade pasmar-se com o natal dos filhos dos abastados, que apresentavam eufóricos seus novos brinquedos. Magia e inspiração evolados do trenó do Papai Noel. E ela suspirava e sonhava. Só ver, já era bom.

Dos tempos de prosperidade, contava que quando aqui chegou, comprava uma gilete nos dias em que queria se regalar. Depilar-se era um mimo. Ficar com a pele lisinha, sem pelos. Até o buço fazia. Conservou este hábito por toda a vida, mesmo depois de surgir a cera quente. A despeito do calor gostoso e do toque delicado da cera na pele, não lhe apetecia enfrentar a dor do repuxo. Preferia sua gilete.

Apesar de abrutalhada por vezes, criou os filhos – eu e meus dois irmãos – muito amorosamente. Era severa, mas não batia. Considerava bater uma rudeza desnecessária. E contrariando este seu preceito, houve um dia em que apanhei. Havia atravessado a rua negligentemente e um carro me pegou de raspão. Nesse dia, não me poupou o lombo. Entendi que temera por minha vida e senti o quanto me amava. Por isso, não guardei mágoas daquela surra.

Quando meu pai conheceu minha mãe, ele tinha outra namorada. Era Adélia. Moça de família, bem-nascida e de fino trato.

Adélia tinha 16 anos, era uma menina. Minha mãe, não. Já era mulher. Conhecia a vida. Impactou meu pai com seu jeito tão desprovido de fantasias. Meu pai, como não conseguia deixar de gostar de uma para gostar da outra, namorava as duas. Não por falha de caráter, mas por acreditar mesmo que poderia ser assim. Tanto que não escondia nenhuma das duas de ninguém.

Considerava-se até muito justo, não fazia diferença entre elas. Fazia o footing aos domingos com minha mãe e aos sábados com Adélia. Os demais dias eram reservados aos estudos. "Dia de semana não é dia de namorar" – dizia minha avó, mãe de meu pai. Se comprava presente para uma, comprava idêntico para a outra. Assistia ao mesmo filme no cinema duas vezes, para não se sentir culpado por ter levado uma ou outra a um filme melhor. Até repetir o traje do namoro repetia, para que não houvesse mesmo privilégios.

Um dia, então, minha mãe lhe disse que como eles já estavam de namoro firme, passariam a namorar aos sábados também. Ele, muito ingenuamente, disse que não faria objeção alguma e que gostaria muito inclusive, não fosse por Adélia. Os sábados eram reservados a ela.

Minha mãe quis saber quem era Adélia e ele lhe falou de todos seus atributos, de como ela era doce, graciosa e cativante. E de como ele era feliz por ter as duas: o que faltava numa, a outra tinha e assim não lhe ficava faltando nada.

Minha mãe não ficou brava. Pensou que "prás bandas aqui de baixo" talvez fosse assim mesmo. Mas ela era moça séria e estava namorando para casar. Que ele namorasse as duas então, mas casar não. Casar seria só com ela.

Meu pai, como não tinha intenção de enganar ninguém e namorava as duas por amar ambas de verdade, se sentiu na obrigação de avisar a Adélia: que prosseguia o namoro, mas que ele já tinha compromisso de casamento com outra.

Adélia coitada, que nunca sofrera mais que umas leves palmadas na infância, achou dor de amor doído demais. Chorou, adoeceu, teve febre. Febre altíssima. Seus pais ficaram preocupados, atingidos em sua reputação e chamaram meu pai para uma conversa. Disseram-lhe que o que ele havia feito não era papel de homem. Que honrasse seu compromisso com a moça ou sumisse de uma vez por todas.

Meu pai já havia feito sua escolha, e agora ela lhe era clara. Mas incomodou-se por esta coisa aí, de papel de homem. Essa frase havia ofendido seu caráter. Não havia feito nada por mal, mas não percebia que era um idealista em uma sociedade imperdoavelmente utilitária e pragmática. De todo modo, compreendera que nunca mais na vida queria causar tamanho sofrimento a alguém, como fizera a Adélia. Chorava a coitadinha, como chorava! De revolta, de raiva, por desilusão, por orgulho ferido. Eram lágrimas de muitíssimos oceanos – grossas, abundantes, fartas.

E como não fora infiel por descaramento, mas por pensar que tinha amor de sobra e não havia mal algum em repartir, seguiu a vida como cabia a um homem de verdade. Foi fiel à minha mãe sempre e nunca deixou de lhe amar.

Ela também o amou, ao seu modo. Minha mãe era mulher que encarava com destemor qualquer situação, jamais ficaria num casamento por estar acomodada àquela circunstância. Por isso, sei que amava meu pai. Com carranca, mas amava.

O casamento foi em uma capela pequena, de dia e às escondidas. Tudo porque Adélia havia jurado fazer escândalo na porta da igreja. Iria gritar, rasgar o vestido da noiva, arrancar-lhe os brincos, alegar impedimento quando o Padre questionasse se havia alguém contra aquele casamento. Promessas vãs. Era moça de família e esta categoria de donzelas não fazia estas cenas. Ainda assim, e apesar de não ser do tipo que provoca tumultos, meu pai achou por bem se precaver. Uma mulher com os brios feridos pode ser capaz de atravessar o mundo a pé, ida e volta.

Foi também em outra cidade, assim os pais de meu pai teriam uma boa desculpa para não convidar ninguém, já que não iriam mesmo fazê-lo. Uma cerimônia em Belo Horizonte os obrigaria a recepcionar e isto não fazia parte de suas intenções. O casamento de meu pai com uma nordestina sem eira e nem beira representava uma vergonha para a família. Filho bem-criado, bom partido, formado, culto, bem empregado poderia ter escolhido uma moça dentre as melhores famílias da Capital. Merecia uma pessoa de bem. Que escolha insensata!

Casaram-se em uma cidadezinha bem tímida do interior de Minas, onde nem padre havia. As noivas ficavam com os preparativos prontos, esperando a chegada de um religioso ao local. No dia em que o padre passava, celebravam-se os casamentos pendentes. Um colega de faculdade de meu pai, natural da cidade, encarregou-se de avisá-lo a tempo. Assim foi.

Minha mãe casou de vestido emprestado. Bonito, muito bonito. E luxuoso também. Mantilha de renda espanhola, grinalda, longa cauda, terço, buquê de flores de laranjeira. Todo tipo de arremate imaginável. Ainda assim, não lhe caiu bem. Não tinha pose para toda aquela ostentação. Faltava-lhe. Não sei. Eram duas verdades que não se encontravam, ela e aquele vestido. De fato, faltava-lhe.

Estavam felizes os dois. Nas fotos se vê. Tinham um olhar iluminado, sobrenatural, florido. E sorriso sincero.

Antes de se casar, minha mãe só havia tirado fotos uma única vez na vida. Nunca se esquecera. Foi um dia e tanto! Sempre que estava triste, se lembrava do quanto havia sido feliz naquele dia em que o retratista viera e pensava que Deus ainda tinha muitos, muitos créditos. Podia descontar.

Minha avó, apesar de humilíssima, tinha gosto. Juntou dinheiro mais de ano para poder tirar fotos de toda a família, para que cada um soubesse das feições que tinha de pequeno. E para que pudessem, no futuro, quando os pais lhes faltassem, recordá-los também.

O retratista veio logo cedo. Todos estavam bem penteados, roupas engomadas, laçarotes na cabeça e sapatos lustrados. É bem verdade que os trajes foram todos tomados emprestado, mas minha avó, meticulosa que era, devolveu tudo muito mais limpo do que recebera. Isto era um orgulho para ela: seu capricho. A vida deixara-lhe poucas coisas das quais podia se orgulhar; era feia, pobre, analfabeta. Restava-lhe isto, sua honestidade e os filhos bem-criados. E deste resto, ela não abria mão.

O retratista era acostumado com gente muito chique, fotografava gente da capital e tal. Então, ensinava-os a posar de acordo. Colocou tapeçaria no chão e nas paredes, para fazer o fundo. Minha mãe, que nem sabia que foto tinha fundo, nada entendeu. Fundo, luz, perspectiva, eram tudo uma incógnita para ela, mas obedeceu à risca.

Minha avó expôs para o resto da vida seu maior tesouro nas paredes da sala. Que orgulho tinha de poder exibir fotos de família! Os mais despeitados criticavam, diziam que ela não tinha juízo. Com tanta dificuldade que passava e ficar se permitindo luxos.

Foi a única herança que deixou para cada um dos filhos: a sua própria imagem. E apesar da pobreza, tinha grandeza de espírito e, em sua opinião, deixava um legado e tanto. Nada podia ser mais valioso que uma ilustração da vida.

Com minha avó paterna, pouco convivi. Sei que adotou o modelo de família burguesa como padrão e fazia questão de que todos representassem seu papel: o pai, autoridade maior, chefe da família; ela, a mãe, braço direito do pai, defensora de sua autoridade e submissa a ela; os filhos, submissos à autoridade de ambos, educados, obedientes, religiosos, com uma vida repleta de regras, hora de comer, hora de dormir, hora de estudar, como cumprimentar, como se comportar, não escutar conversa de adultos etc., e, socialmente, todos eles representando o teatro da família unida e feliz.

Eram uma família invejada, que união, que modos, uma educação europeia. Meu pai e seus irmãos nem se mexiam direito, tinham os gestos artificiais, a fala treinada, vocabulário adulto. Recitavam para as visitas. Estando na rua, ficavam loucos para chegar em casa onde minha avó iria ler seus jornais, suas revistas e, longe do seu olhar, no quintal de casa, poderiam se libertar das cordas de marionetes e ser eles mesmos. Ficou viúva muito jovem e a morte de meu avô foi um golpe para si: já não seriam mais aquela família completa.

Minha mãe não frequentava sua casa. Meu pai é que me levava lá de vez em quando. Rancorosa, minha avó nunca perdoou meu pai por ter se casado com minha mãe. Durante anos, manteve a esperança de que fora apenas uma aventura. Então, quanto mais durava o casamento de meus pais, mais a detestava. O nascimento de meu irmão mais velho, então, representou o fim de mais de metade de suas expectativas. E só fez a raiva aumentar. Mas serviu. Pelo menos ela pode reduzir as contas do rosário que tinha para rodar entre os dedos todas as noites.

Minha mãe não lhe tinha raiva, apenas não frequentava sua casa por questões de praticidade: não teriam o que conversar.

A casa de minha avó era solene: decoração a *la Louis* XV, espelho na parede da sala de jantar, cadeiras de encosto alto, piano de cauda, piso de mármore, varanda com colunas, relógio de piso, escada com corrimão produzido em serralheria belga, abajures e o sino. O sino. Este, por si só, é um capítulo à parte. A empregada jamais era chamada com um bom e sonoro grito de seu próprio nome, mas com o toque do sino. Ao menor toque, esta deveria comparecer. Quisesse mais água, tocava-se o sino, café, o sino, sobremesa, o sino. Eu achava a coisa mais irresistível e interessante do mundo observar todo o movimento que se iniciava com um simples soar daquele objeto. Desencadeava-se uma marcha que assim se sucedia:

1. Sino, escuta, breve susto, acordar, pôr-se alerta ;
2. Abandonar os próprios pensamentos ;
3. Largar as vasilhas de lado;
4. Enxaguar as mãos;
5. Fechar a torneira;
6. Secar as mãos no avental enquanto diz : "agora vou" ;
7. Apresentar-se na sala o mais breve possível e checar o que a patroa quer dizendo "pois não, senhora" – adendo: repararam no "pois não"? Se estivesse mesmo disposta a atender tais chamados não haveria de dizer "pois sim"? Não, não porque na língua portuguesa usamos "pois não"; mas eu ficava me interrogando se ela não deveria dizer "pois sim". Até perguntei a meu pai que me explicou que "pois não" queria dizer "pois sim".

Eu achava aquilo de uma elegância, uma *finesse*. Hoje vejo o quanto era patética aquela situação.

Antes de comer, fazíamos uma oração seguida de uma ladainha que eu desconhecia. Minha mãe nunca havia me falado de religiões, nem mesmo apontando para o fato de que eu optasse por alguma. Para ela, isto não importava, não representava nenhum valor. Meu pai passou a nos exigir que adotássemos o catolicismo como religião a partir da adolescência, sem nos dar chance de escolha. Era fervoroso e queria que entendêssemos a sua fé. Mas, voltando à casa de minha avó, eu sabia me virar bem: balbuciava, mexia os lábios e acompanhava o ritmo.

Tínhamos que comer sem colocar os cotovelos na mesa, sem falar alto, sem agitação. Não era permitido misturar a comida. Se você queria se servir de algo e a pessoa ao seu lado também, você deveria servi-la primeiro para só depois servir a si. A banana e a laranja deviam ser comidas com garfo e faca. Acho que é por isto que meu pai sempre detestou as duas frutas. Eram tantas as regras, que eu perdia a vontade de comer.

Contudo, o mais atraente de tudo em minha avó era sua sonoridade. Vovó vivia enfeitada, anéis, brincos, colares e suas pulseiras, em especial, anunciavam sua chegada aonde fosse. Elas eram sempre muitas e barulhentas, era gostoso aquele *tilinlin* enquanto ela falava gesticulando com as mãos. Acredito que ela mesma não se via sem esse peculiar adereço sonoro. Mas como era elegante! Como eu gostava de observá-la sempre com seu salto alto, suas roupas vaporosas, batas longas abaixo do joelho e o turbante, que fazia dela a mais madame de todas as madames.

Eu tinha que, todas as vezes, inspecionar todos seus colares, suas pulseiras e as pedras que os compunham. Queria saber todos os seus nomes e cores. Descobri que elas valiam pela sua pureza e seus quilates. E aprendi que existia uma cor nova, de nome fúcsia. Achava lindo falar "fúcsia". Esta era a prova final da elegância de minha avó. O seu roxo era diferente de todos os demais e se chamava "fúcsia".

E vovó gostava. Gostava de me mostrar seus penduricalhos, gostava de me ter no colo, mas a matava de indignação ser flagrada se distraindo em minha companhia. Quando se percebia muito afável, me punha pra correr. "Vá, menina, brincar lá embaixo".

E resmungava como que para dar satisfações a si e a outrem que eu havia lhe amassado a roupa toda.

Vovó fumava e até para isto era chique: usava piteiras *Dunhill*, com seu nome gravado: *Mme. Alcântara de Assis*. Nutria um orgulho por este sobrenome! Não éramos os Alcântara, nem tampouco os Assis, mas os *Alcântara de Assis*, uma linhagem nobre, uma casta superior, uma família única, singular, igual a nenhuma outra.

Em casa eu ficava imitando-a, calçava os saltos de mamãe, jogava um *scarf* no pescoço, sugava um lápis preto, que fazia as vezes do cigarro, e assoprava em seguida com a cabeça virada para o alto. Quanto mais arrogante, mais genuína a imitação.

Ainda que gostasse de mim, ela fazia questão de fazer diferença entre mim e os demais netos. Dizia abertamente que eu era filha da pau-de-arara, da morta de fome, a qual ela repudiava. Eu não me importava. Após os cordiais cumprimentos, nos quais meu pai fazia questão que eu me mostrasse bastante educada, saía correndo para brincar com meus primos. Mais tarde, era só pular no colo dela para saber que tudo era parte do discurso do qual ela jamais abriria mão.

Minha avó não foi feliz vivendo assim, e também não sei se seria se fizesse de outra forma. Contudo, nem toda a sua infelicidade fê-la abrir mão deste modelo de família exemplar. E, para falar a verdade, até para morrer, ela exigiu seus protocolos: deveria ser cremada e suas cinzas jogadas no Rio Sena, em Paris, ao som de violino tocando *La vie en rose*. Ai, que trabalheira!

Meu pai e minha mãe estavam bem, mas tinham que ter uma vida controlada, não podiam extrapolar nos gastos. Minhas tias tinham se casado com homens ricos – a família de meu pai tinha nome, tradição, minhas tias conseguiram fazer bons casamentos –, mas sabe como é, nenhuma delas trabalhava, dependiam da boa vontade dos maridos para lhes pagar a viagem e eles, fingiam ser bons genros, mas na verdade, estavam nem aí para as exigências de minha avó, aquela velha chata.

Por fim, a casa de minha avó foi vendida, com as cinzas dentro. Ninguém quis reivindicá-las para si, todos fingiram ter se esquecido.

Como meus pais se casaram escondido e sem consentimento da família de meu pai – que achavam Adélia a moça ideal para ele – não ganharam presentes ou dinheiro e nem viajaram em lua de mel. Porém fizeram tudo como mandava o figurino naquilo que lhes cabia, porque minha mãe embarrigou logo no primeiro dia de casada. Nove meses depois, nascia meu irmão. Sete meses mais e caberia a mim: vir ao mundo e já experimentar os primeiros tapas da vida.

Já contei que nasci prematura e frágil, "quase morta" dizia minha mãe. E cumpri esse destino de "quase morta" piamente. Costumo dizer que quase vivo. Meu anjo da guarda também vai acompanhando o ritmo: nunca ascendeu ao patamar das harpas, toca gaita e desconfio que leva a vida na flauta. Coisa mais triste descobrir toda uma vida quando se está fatalmente perdendo-a, quando ela já está nos escapando por entre os dedos.

Agora sim. Agora sim estou quase morta. Porque a vida termina quando a gente se esquece dela. E eu que desde os nove meses acreditei que era a morte que punha fim à vida. Não, não é. A vida termina quando finda o sentido; só e somente nele há existência.

E o sentido não precisa ser lá grandes empreitadas. Antes qualquer coisa miúda justificava para mim: eu tinha filhos, marido, uma casa que batalhei para conseguir e merecia desfrutá-la. Uma receita nova que deveria testar no dia seguinte. Uma roupa nova que queria comprar. As reuniões de pais da escola. O campeonato de futebol do meu filho, o balé da filha. Tudo isto me movia, me fazia querer viver. E agora? E agora que começo a nem me lembrar que tenho casa, que tenho livro de receitas ou mesmo filhos? Que começo a ter que me utilizar de subterfúgios para prosseguir? E agora?

Comecei a me dar conta de que estava doente observando as gavetas de casa. Estavam constantemente abertas. Sempre me esquecia de fechá-las. Não era eu, definitivamente. Extremamente cuidadosa, obsessiva com os detalhes – os detalhes sempre me impressionaram, eles têm um dom de fazer a diferença que chega a ser afrontoso para pessoas com o meu temperamento –, esquecendo gavetas abertas, deixando todos meus guardados, minhas intimidades escancaradas para o mundo. Não, não. Eu não aceitava. Um intruso havia se apoderado de mim e me habitava. O estranho. E eu não tolerava esse invasor sub-repticiamente ocupando meus espaços internos. Sorrateiro e vigoroso. Loquaz e insolente.

Fui somando o que antes eram pequenos episódios de falha de memória a outros maiores e mais graves que se seguiram. Voltando para casa, esquecia o caminho. Esquecia senhas de banco, de felicitar os amigos nos aniversários. Eu costumava ser tão boa com os números que nem agenda de telefones usava. Sabia-os de cor, assim como datas de aniversários, placa de carro de amigos, observa atenciosamente as diversas coincidências numéricas que me aconteciam ao acaso. Um dia voltando para casa parei no meio da rua para ligar para o meu irmão. Estava na rua tal, tal esquina, queria ir embora, como fazia? Ele foi pacientemente me explicando pelo telefone como fazer, até que retomei a razão. O que eu faria normalmente? Contaria a todos e daria boas risadas disso. Minha distração de novo, minha típica distração para algumas coisas na vida. Mas não. Foi um episódio tão singular, eu senti nele um aviso. Não era uma falta de atenção comum, como as outras. O estranho estava lá. Acercava-se de mim. Implorei a meu irmão que nada contasse ao meu marido, filhos ou quem quer que fosse. Ele insistiu obstinadamente para que eu me consultasse. Eu sabia que devia fazê-lo, mas tive medo, muito medo. Não o fiz.

Desde que conheci a morte, com o episódio de minha avó, decidi por ser precavida. Sarcástica, a morte, não é? Logo ela que nos impulsiona a fazer coisas, que se coloca ali como um limite de até onde vamos chegar. E que você tem que dar seu máximo, antes de atingir a fronteira. Mas eu me assustei. Sabia que a vida a qualquer hora nos flagrava e era mordaz. Coloquei-me de sobreaviso. Sempre cautelosa, ponderada, prudente. Desde sempre. Desde que comecei a andar. Ando só de cabeça para baixo, vigiando onde piso, que é para não haver tropeços, não cair. Perdi tantas coisas com esse costume. Tantas que deixei de contemplar, tanto mar, tanto pôr do sol, tanta vida. E pior, tenho caído. Como tenho. Até que eu me esforço, quando lembro, ergo a cabeça, olho adiante, aprumo o corpo. Mas a força do hábito me impinge a voltar a olhar para o chão. Papel, cachorro, gato, asfalto, calçamentos, este é o panorama que vejo enquanto caminho.

Lembro-me quando fui ao Corcovado pela primeira vez. Fomos eu e Santa, uma prima das mais queridas. Fomos caminhando, naquela peleja, aquela fadiga, sobe escada, para, respira, contempla a paisagem, ganha ânimo, sobe mais um pouco, ri, quase desiste e segue em frente. Enfim, chegamos lá.

Que cenário, que coisa mais linda o Rio de Janeiro! E não era só a paisagem, mas o cheiro, o cheiro de mar, de liberdade, o frescor, a alma boêmia que me enlevou. Eu podia até voar naquele momento, eu podia tudo, muita coisa que jamais fiz, tudo que nunca farei. Podia mostrar minhas pernas, falar alto, namorar, pular de alegria, tudo sem pudores ou culpa. Mas, mantive a linha usual e apenas cogitei sobre tudo isso.

Santa era livre por natureza, espontânea, decidida. Eu a admirava muito. Queria ser ela. Pelo menos um dia, um dia que fosse. Um naco da sua determinação, se Deus me desse, já me satisfaria. Tiramos aquela tradicional foto revelada no prato de porcelana. A foto conta tudo. Uma rindo, efusiva, arregalada, era Santa; outra rindo, comedida, entredentes, era eu.

Não me queixo com amargura, não, de forma alguma. A vida foi muito boa para mim. Muito mesmo. Não posso me queixar: comi e bebi muito bem, e ri muito com os amigos. Tive pai, mãe, irmãos e filhos. O que mais podia querer?

Mas, dentro de mim existe uma aflição. Uma aflição que vem não sei de onde e vai a lugar algum. Um vulcão em erupção que não tem onde despejar as lavas, sendo obrigado a tragá-las de volta para si. É esse trazer de volta que me sufoca e me mantém em constante desatino, eterno desassossego. Uma inconformidade muda, quanto maior, mais calada eu me mantenho, sabendo que ninguém poderá entender. Perguntariam: por quê? E a única resposta que teria ao meu alcance seria, me explique, me diga o porquê. Eu não permito à aflição sair, por isso ela se mantém aflita, constantemente.

Sempre fora eu animal muito bem domesticado, precisando da certeza aconchegante da comida no prato, incapaz de ir à caça, temendo o predador. Mas a minha selvageria estava lá, dentro, profunda, inquietante, aflita.

E se por um acaso, por um golpe do destino, a aflição fosse autorizada a sair? Saberia eu fazer uso da leveza, da vida sem inquietações? Se até agora aprendera somente a ser aflita... Se é a aflição que me põe no eixo, na medida em que me pesa. Seria suportável, de repente, ser um ser flutuante, leviano, que dá risadas frouxas sem compromisso, sem se achar ridícula rindo alto, profundo? Eu não sabia ser o que eu queria. Sabia só ser. Ser simplesmente.

Ser. Mas não como Santa. Santa era além de prima, uma fiel e incomparável amiga. Era alegre, até demais, mas um ressentimento com a vida a tinha fisgado. Se todo filho tem que ser adotado, ainda que por seus pais biológicos, Santa não fora. Foi apenas concebida por eles. Por esta causa, adotou a vida como instância geradora. Por isso ela era tão livre. Tão livre que sua presença sufocava. Sufocava de desejo. Desejo de ser livre pelo menos pelo tempo que fica o cheiro da flor no ar quando bate o vento. Só esse instante já me bastava.

Minha prima é desses tipos de pessoas que sabem viver, dessas que te dão aquela inveja. Inveja de tanta vontade que você sente de ser ela, ao menos um pouquinho. A pessoa mais autêntica que conheço. Risonha, expansiva e feia.

Não é feinha não, é feiosa. Não falo isso pejorativamente. Costumo dizer que essa é sua essência. Porque a feiura dela tem algo que te captura, que não se permite não ser visto. Aquele tipo de falta de beleza que se faz notar e te cativa. Um magnetismo impossível de se desvencilhar provocado pelo enigma dessa associação de fealdade e carisma.

Sempre foi diferente, desde pequena. Segurava o xixi o dia inteiro, até a hora do banho, porque gostava de urinar em pé, igual aos meninos. Fazia xixi antes de abrir o chuveiro porque gostava do líquido quente lhe escorrendo nas pernas, sob nossos protestos de repulsa a esse seu excêntrico costume. Sua moleira só fechou aos sete anos de idade. Até lá, passava por um ritual, todos os sábados, em que sua mãe e tias lhe raspavam o centro da cabeça, passavam querosene e faziam massagem. Tinham uma preocupação e um gozo excessivo com essa anormalidade. Eram tantas as suposições de mau agouro, anomalia, retardo, sobrenaturalidade. Um *titi* sem fim. Santa alimentava nossa imaginação com sua particularidade. Quem furasse sua moleira seria tragado para o centro de um universo paralelo. Ali viviam monstros terríveis, insetos do tamanho de dinossauros e caveiras assustadoras. Esse pavor nos atraía e mesmo diante deste cenário horripilante, nós a cercávamos e fazíamos fila para passar a mão em sua moleira e apertar bem de levezinho. O desafio de não passar da medida nos excitava. Quem errasse a mão, seria abduzido. Adorávamos. Achávamos a coisa mais diferente do mundo aquela cabeça mole.

Na adolescência, Santa não tinha pudores: contava-nos suas estórias, de quem gostava, dos seus beijos e de como vivia o sexo. A despeito de sua feiúra, eram os rapazes mais bonitos que gostavam dela. Quando os dispensava, se justificava: ele é bonito, eu não gosto.

Lia livros e revistas de adultos e nos explicava como era a vida íntima. Ouvíamos paralisadas, olhos vidrados, a respiração suspensa. Os sentimentos dessas descobertas, eu nem sei explicar. Só posso dizer que percorriam cada poro, cada veia, parecia que o corpo arregalava, num misto de admiração, surpresa e êxtase.

Quando conheceu seu marido, sem nunca terem sequer se aproximado um do outro, ela lhe disse: "Um dia, nós vamos nos casar". Ele a achou louca. Ela arrumou tudo. Quando se reencontraram, sete anos mais tarde, e ele a beijou pela primeira vez, Santa sabia que havia chegado o momento.

Um mês depois desse primeiro beijo, estavam se casando. Oito meses mais, nascia o primeiro filho dessa mulher determinada.

O casamento de Santa não durou muito. É que Santa não tem pouso. É pássaro. Talvez nem a morte consiga lhe quebrar as asas. Porque talvez, na morte, ela se revele fênix.

Por sua autenticidade, pagou um preço alto. Jamais mudou. Por isso digo que o que lhe faltava para saber viver melhor era certa dose de dissimulação.

Giordano obrigou-me a consultar. A esta altura já não tinha muita força para me opor a quaisquer decisões. Eles a tomavam por mim e meu palpite já valia quase nada. Sempre fui assim, deixava sempre os outros decidirem por mim, mas agora estava especialmente ressentida com isto. Não sei o por quê. Talvez o caráter definitivo que agora a coisa tomava.

Fomos ao médico. Ele me perguntou coisas simples que, para quem está com a cabeça boa, chegam a parecer ridículas ou deboche. Não reclamei. Quem é o presidente do Brasil, em que ano você nasceu, quem é esta pessoa que te trouxe até aqui, quantos filhos você tem? Respondi quase tudo corretamente, mas havia alguma coisa diferente em mim. Era como se eu falasse sem saber, estando longe da emoção ou do sentido do que falava. Errei algumas coisas também, as coisas mais recentes. O nome da minha nora, meu telefone celular, a novela a que estava assistindo, o que havia feito para o almoço ainda hoje. Desconfiei que tinha algo acontecendo, mas fingi que não percebia. Talvez porque não quisesse mesmo saber. Faltava-me coragem para saber que aos 59 anos já começava o início do fim.

O médico chamou Giordano em particular. Foram para um canto do consultório. Giordano mantinha-se balançando a cabeça, como se tivesse entendendo e concordando com o que ele dizia. Enquanto escutava, observava-me de longe, mas não tinha coragem de me olhar nos olhos. Fugia dos meus olhos que procuravam a explicação nos seus. Ficou abatido e disse-me, ao final da consulta, que ainda teríamos que fazer uns exames, mas que eu não me preocupasse, o médico havia falado que não era nada grave. Exames de rotina.

Não era só minha família que vinha se preocupando comigo. Comecei a me preocupar comigo mesma. Mas não me manifestava. Eu sou boca arrolhada, sempre fui. Na época de minha infância e adolescência usava-se confessar. Meu pai cismava de exigir isto de nós. Era de família tradicional e a boa família mineira era católica. Eu cumpria o ritual o mais rápido possível para me livrar depressa daquela tarefa domingueira. Minha mãe não ligava para religião. Veio de um lugar onde lhes preocupava mais a fome iminente que seus próprios pecados. Para meu pai, contudo, a remissão dos pecados e o sacramento da penitência eram essenciais para a vida dos homens.

Eu odiava ajoelhar-me em frente ao confessionário. Essa posição somada à revelação feita ao padre já era por si só muito penosa. Acarretava um sentimento de vergonha que para mim já era uma espécie de pena, um início de expiação. Não entendia porque não se podia substituir as penitências por uma pena que seria simplesmente o enunciado mesmo da falta.

Tentava falar rápido e pouco, mas o padre não se contentava com a revelação espontânea. Usava técnicas de confissão que deviam garantir a exaustividade. Era-lhe absolutamente necessário revelar. Não se podia omitir nada. Exigia cada detalhe do lado mais vergonhoso do seu ser, aquilo que nem você queria saber de si. Hoje já nem considero pecado aquelas minhas pequenas faltas veniais que à época mais me pareciam monstruosos pecados mortais.

Esperava com ansiedade a fórmula da absolvição ser pronunciada: "Deus, Pai de misericórdia, que, pela morte e ressurreição de seu Filho, reconciliou o mundo consigo e enviou o Espírito Santo para remissão dos pecados, te conceda, pelo ministério da Igreja, o perdão e a paz. E eu te absolvo dos teus pecados, em nome do Pai e do Filho e do Espírito Santo." Dito isto e cumprida a penitência, estava quites com Deus.

Todavia, naquele dia da consulta, resolvi ir à igreja. Buscava restaurar minha fé, pois o que a Igreja conseguiu de mim, no percurso de minha vida, foi somente me afastar de Deus. Meros mortais que se arvoram a falar em nome Dele, a dizer o que Ele quer de nós ou deixa de querer. Um Deus vingativo e cruel, criado à imagem e semelhança dos homens nunca foi uma ideia que me convencesse ou que eu aceitasse. Para mim, Deus é amor.

Fui até ali com a intenção de receber a eucaristia, mas por mais que já não acreditasse nas coisas que os homens falavam em nome de Deus, não me atrevi. Apenas rezei.

Quando minha mãe faleceu, meu pai pediu aos filhos que todos se confessassem, pois queira ver todos comungando em seu sétimo dia. Aceitei. Contudo, o padre não me deu a absolvição porque eu fazia uso de pílula anticoncepcional. Meu pai ficou decepcionado, mas estava sem forças até para ficar enfurecido. Entendeu. Fui à missa de mamãe, rezei, chorei, mas não comunguei.

Se aos nove meses descobri a morte, aos dois anos descobri a vida. Minha mãe estava grávida, falavam-me que eu teria um irmão, um ser a mais para amar na vida, mas eu não entendia. Para mim, aquela barriga fazia parte de minha mãe. Não me lembrava dela sem aquele ventre saliente que denunciava uma vida vindo. Quando cheguei ao hospital, para conhecer meu irmão, perguntei à minha mãe: "Cadê sua barriga?". Ela me apontou o bebê no outro lado do quarto. Arfei e botei a mão na boca. Era meu assombro diante do milagre da vida!

Depois deste episódio, nada mais me espantou: a vida é um milagre, é por isso que mais agradeço do que peço. Se o mundo de hoje nos obriga a ter sucesso, posição e eu não galguei nada disto, não me queixo absolutamente. A beleza da existência é muito mais sutil, é de uma delicadeza incomensurável. Eu olhava aquele ser tão pequenino, tão frágil, e eu também tão criança quanto ele, mas não sabia. Encantei-me com meu irmão.

Hoje estou melhor, olhei o jornal, dia 5 de novembro de 2008. Logo, logo, será Natal. Acordei com a cabeça boa, lembrando-me de minha adolescência, como era tudo tão diferente dos tempos atuais. Eu frequentava bastante o bairro Santa Tereza, onde moravam minha prima Santa e sua família. O local era um reduto de italianos, tinha uma colônia enorme ali instalada. Eu gostava daquela gente cheia de filhos, que falava alto, ritmado, com as mãos. Era uma gente afetuosa, bastante até, e muito faladeira. O passatempo principal era falar da vida alheia, no fim do dia, ao terminar a labuta, quando colocavam seus bancos na calçada e iam ver a vida passar.

A maioria dos imigrantes era oriunda do norte da Itália, trazendo um diferencial para os italianos que se estabeleceram em Minas Gerais: eram mais bem instruídos e mais abastados – atendendo-se ao ideal da política brasileira de branqueamento – ao contrário do que se passou no resto do país, onde predominou o imigrante miserável e analfabeto.

A italianada era louca, fanática pelo Cruzeiro, time fundado pela colônia, a princípio denominado *Palestra Itália*. Na época da Segunda Guerra Mundial, quando o Brasil declarou guerra ao Eixo, o nome do time teve que ser trocado porque ficara proibida qualquer menção aos inimigos: Itália, Alemanha e Japão. O novo nome foi uma homenagem ao símbolo maior da pátria, a constelação do Cruzeiro do Sul, e viera tornar o clube em uma entidade genuinamente brasileira.

Foi convivendo no Santa Tereza que descobri que meu nome era italiano e isto foi um alívio para mim. Sempre que me perguntavam como eu me chamava, minha espinha esfriava, sabia que repetiria meu nome inúmeras vezes e ouviria comentários indesejáveis: "diferente", "extravagante", "é nome estrangeiro?". Agora sei que sim, é um nome estrangeiro e, quando Dona Clara – na verdade, Chiara, mas ali todos os nomes eram traduzidos; tio Domingos, pai de Santa, também era, na verdade e por batismo, Domenico – falava que era *più bello nome*, que era o nome da sua *nonna*, eu ficava cheia de mim e sua expansão, seu entusiasmo me fizeram, de certa forma, até reconciliar-me com ele.

Bons tempos aqueles do Santa Tereza! Eram tantas as particularidades de seus moradores que dava para se escrever um livro. Era um bairro repleto de personagens, figuras lendárias que fizeram história. Um deles era Seu Teófilo, o português dono da padaria. Seu Teófilo viera da longínqua região de Trás-os-Montes e, por conta do exótico nome de sua cidadela, tínhamos diversão garantida quando lhe insuflávamos até que repetisse a célebre frase com o dedo em riste:

– Sou de Freixo de Espada à Cinta, com muito orgulho! – a meninada caía na risada e persistia arremedando-o:

– Sou de Freixo de Espada à Cinta, com muito orgulho!

A mercadoria era restrita, ali se vendia pão de sal e doce, pão puro ou com manteiga, uma ou duas opções de bolo, manteiga, nata, café puro, café com leite ou pingado, e café "corto" que era como os italianos gostavam. Os meninos do bairro chegavam e pediam pão doce com manteiga. Era uma picardia com a puríssima intenção de lhe aguçar o mau humor que lhe era característico, já sabendo o que viria. Seu Teófilo se irritaria e se negaria a atender ao pedido: "Pão doce não precisa de manteiga!". Vê-lo esbravejar era uma glória e um deleite para a meninada. Fazíamos de propósito, já que o que queríamos mesmo já tínhamos conseguido e era somente o seu destempero, não era pão doce com manteiga.

Seu Tião também, era outro. O taxista. A cada dia chegava contando sobre as corridas que tinha feito e lamentando seu ofício que nunca lhe permitia saber como as estórias de seus passageiros terminavam. Dizia que a vida do taxista é viver na eterna curiosidade.

— Hoje mesmo, ainda hoje, peguei uma dona numa corrida lá no Jardim América e vinha ela toda nervosa, botando fogo pelas ventas, excomungando o marido que a estava traindo, que pior, era com a melhor amiga dela. Melhor amiga! Imagina, hein? Com uma amiga dessa, não faz falta ter inimiga, não é mesmo? Pois é, eu fui levando ela lá, pra flagrar os dois e ela no caminho só no queixume e xingos. Ô como xingava! Praguejou o marido, a amiga, a sogra, os cunhados, até os filhos da amiga ela amaldiçoou. E foi isso, deixei ela lá e estava até disposto até a ficar do lado de fora escutando pra ver o que que ia dar. E não é que um "desinfeliz" entra no táxi no mesmo pé em que ela desceu? Eita, vida! Agora tô eu aqui, só pensando no quê que será que ela aprontou.

E o Robson 007? Ele era meio doidinho e o apelido era por causa da pasta que carregava para cima e para baixo. Era uma maleta com segredo e este era um luxo do qual ninguém tinha desfrutado até então por aquela vizinhança. Com isto, ele crescia e ficava de uma importância que só! Ninguém jamais descobriu o segredo da tal maleta; para abri-la, ele virava-se de lado, esgueirava-se de forma que ninguém o visse. Tanto fez que virou lenda no bairro, o enigma da esfinge: o que o 007 levava dentro de sua pasta? Por fim, a sua branda loucura o fez acreditar que era mesmo um James Bond. Fazia uma cara de mistério e respondia:

— Negócios! Sou um homem de negócios!

Dona Antonella. Ah, não poderia de jeito nenhum deixar de citá-la! Gabava-se de já ter sido a primeira dama da cidade e seria realmente presunçoso o fato, não fosse o lado cômico deste: ela o fora, sim. Fora a primeira dama, mas por um dia apenas. Seu marido era vice-prefeito e na falta do prefeito por motivos que nem sei, ele o substituiu, por um único dia. Além disto, era exótica no modo de trajar. Usava chapéus de largas abas, coisa nunca vista antes em Belo Horizonte, sempre com roupas de tecidos esvoaçantes, geralmente pantalonas e batas de seda pura, de cores fortes, vibrantes, chamativas, igualmente nunca antes vistas por aqui, já que as senhoras da sociedade se vestiam com discrição e compostura.

Pois bem, no dia em que o Papa João Paulo II veio a Belo Horizonte, toda a população da cidade foi para a Avenida Afonso

Pena vê-lo passar, pois seu trajeto incluía todo o percurso da avenida até a praça onde ele rezaria a missa, até hoje conhecida como Praça do Papa. Enfeitaram a Afonso Pena à moda das procissões – tapetes de flores no chão – e as pessoas picaram papéis para jogar à sua passagem. Dizia-se do Papa, naquela época, que era o representante de Deus na terra. Por isso, foi um evento sem igual, todos mobilizados pela fé, pela esperança, pela alegria de, enfim, ter um Papa beijando o solo de nosso país. E mais, ele havia aprendido o português, especialmente para essa visita.

Fomos Giordano e eu com nossos filhos para o apartamento de uma amiga que morava na Afonso Pena e tinha um varandão que nos permitiria uma visão privilegiada. Posso dizer que o momento em que ele passou, em seu papamóvel – aquele carrinho simpático já era então usado para substituir a *sedia gestatória* –, foi um dos poucos, em minha existência, que minha espinha esfriou inteira e eu arrepiei da cabeça aos pés, enquanto a emoção surgia em forma de lágrimas francas, impensadas e irrefreáveis. Sob gritos de "ei, ei, ei, o Papa é nosso rei", o líder da Igreja Católica foi amorosamente recebido naquele 1º de julho de 1980. Todo o povo, toda a nação, estava unida por um mesmo objetivo: a paz, fé e o amor. O Papa era o símbolo da esperança em uma humanidade mais fraterna e a fé uma das cenas mais bonitas de se ver.

E Dona Antonella fora ver o Papa, a fé, o povo. E, no seu melhor estilo espalhafatoso, levou uma escada para o meio da avenida, com seu chapéu monumental e binóculo. O sacerdote supremo despendeu um aceno de mão especialmente para ela – como haveria de não o fazer? –, o que se tornou seu principal assunto – juntamente com a "primeira damisse" – para o resto de sua vida.

Enquanto isto, Santa e eu lá no Santa Tereza...

Dançávamos sem parar em frente ao rádio, o lindo *Westinghouse* de tio Domingos, todo talhado em madeira de lei, arredondado na parte superior e com três réguas de metal no acabamento, uma verdadeira obra de arte! Acompanhávamos todos os sábados a transmissão ao vivo dos programas de auditório dos calouros mirins da Rádio Mineira dançando e cantando de cor e salteado todas as músicas. Santa, naquele tempo, já prenunciava o advento da televisão:

– Vale – era como me chamava –, com essa voz, essa menina deve ser tão linda, tão linda! O rádio podia ter um cantinho para colocar pelo menos uma foto dela para a gente ver como ela é! Me disseram que ela é um encanto! A Maria Genoveva a viu ao vivo, lá na Rádio!

Gosto de rádio até hoje, é uma mania que nunca abandonei. Mania não. Uma fascinação! Tudo bem que antigamente costumava ser melhor, as músicas eram tocadas ao vivo, tinha mais *glamour*. Era mais excitante. Acompanhávamos a rivalidade de Emilinha e Marlene. A gente vibrava bastante. A televisão, sei lá, é muito sisuda, muito formal; no rádio você ouve bobagens, coisas sérias, o ouvinte liga, interage, a gente ri, pensa na vida um pouco, se emociona quando, de repente, surge uma música que não esperava ouvir, e que adora, e que há muito tempo não ouve. E, que surpresa boa! É isso, o melhor do rádio é sua imprevisibilidade.

Bem, no ano de 1958, Santa e Carola, sua irmã, fizeram a preparação para a Primeira Eucaristia. Assim como Carola, eu estava com nove anos e Santa tinha onze. Implorei para que me deixassem fazer a preparação com elas, meus pais não concordaram, ficava difícil para eles me levarem todos os sábados à Paróquia de Santa Tereza e, ademais, meu colégio ofereceria a preparação no próximo ano, quando eu estivesse com dez anos, a idade adequada.

Fora o pior argumento: por que Carola tinha nove anos e podia se preparar e eu não? Sobretudo, dizia meu pai, porque, no ano seguinte, todos meus colegas de escola participariam do catecismo e eu ficaria diferente do grupo. Mas o que eu queria era justamente ser a primeira da minha turma, adorava essa ideia, queria ser avançada, quando alguém comentava que uma menina era precoce, morria de inveja, significava que era mais esperta, à frente do tempo, mas esse elogio nunca recaíra sobre mim. Achava lindo ser precoce, mas nunca fui.

De qualquer forma, todos os sábados lá estava eu, grudada na cola de Santa e Carola. Santa frequentava o catecismo pensando que um dia na vida teria que fazê-lo de qualquer jeito, então que fosse agora de uma vez, que era para ficar livre. Já Carola, me provocava o quanto podia, sabia do meu rancor por termos a mesma idade e eu não ter autorização de meus pais para fazer o catecismo, então ficava me fazendo inveja, falando que saberia logo como era o gosto da hóstia, que já era praticamente moça, que receberia o sacramento da eucaristia antes de mim. Eu ficava amuadíssima, nunca perdoaria meus pais.

No dia da Primeira Comunhão, eu estava indócil de tanto despeito, mais de Carola que não parava de me esnobar. Estorvei-a o quanto pude, critiquei seu arranjo de cabeça, disse que seu vestido tinha pouca roda, o meu seria tão rodado quanto o de uma princesa, que o bico do seu sapato estava levantando – o sapato de Carola era novo e, naqueles tempos, nossos pais compravam alguns números maior, que era para durar bastante e enchia-se o bico de algodão, uma marmota. Ela foi se irritando comigo e como estava com uma caixa de fósforos na mão, riscou um, apagando em seguida e colocando o fósforo ainda quente no meu braço para me queimar. Foi minha glória:

– Pecou! – eu disse socando com o punho fechado a outra mão, para ser bem provocativa – Pecou e não pode comungar!

Carola botou língua e não me deu ouvidos, mas eu não parava de lhe lembrar que houvera pecado no dia de sua Eucaristia.

Antes papai e mamãe tivessem me deixado fazer o catecismo naquele ano, pois um ano mais velha, menos boba e com Ofélia me obrigando a pensar racionalmente, posso dizer que minha preparação só fez me afastar da Igreja. Não de Deus, de Deus nunca, de forma alguma.

Ofélia era filha caçula de uma família de dezessete filhos. Tinha irmãs adultas, por isso, sabia de tudo um pouco, tudo que naquela época era considerado assunto de adultos: sexo, gravidez, traição, métodos contraceptivos, divórcio. Eu era inocente até a alma, chegava a ser boba, ficava boquiaberta com seus casos.

Tudo que Madre Joana ensinava e pregava, Ofélia contestava. Estava eu, emocionada e embasbacada, ouvindo a religiosa contar sobre a concepção de Jesus Cristo, que fora concebido pelo poder do Espírito Santo e nascera da Virgem Maria.

– "Não era virgem nada, viu? Minha irmã falou que é tudo mentira!" – instruía-me minha amiga.

Enfim, meu catecismo acabou se tornando um curso sobre como questionar a religião católica e como desacreditar de todos os seus dogmas. E surtiu um efeito tão grande que, pelo resto de minha vida, duvidei.

Dormi um pouco à tarde e despertei animada. Fui pegar meu caderno para fazer meus apontamentos. Olhei o jornal, era dia 26 de dezembro. Como assim, havia passado o Natal e não havíamos celebrado? Que absurdo, Giordano não podia ter deixado passar de liso, sempre celebrávamos o Natal, era a festa a que dávamos maior importância.

– Imperdoável Giordano, imperdoável – eu dizia. – A chegada do ano vamos celebrar, não vou deixar passar.

Amolei-o tanto, até que me esqueci do assunto. Fui escrever sobre o dia em que nos conhecemos, nosso primeiro encontro.

Conheci Giordano muito jovem ainda, em um baile ao qual fomos juntos no Minas Tênis. O baile acontecia toda primeira sexta-feira de cada mês. Era o evento mais esperado pelo pessoal da minha geração. Passávamos o mês inteiro esperando. Mal acabava o baile e já estávamos pensando no vestido para o próximo. Tinha que ser um vestido novo a cada baile, eu quase acabava com a vida da minha mãe, exigindo que ela fosse para a máquina de costura, comprando revistas para copiar modelos, indo ao centro comprar fazenda, rendas, fitas e cianinhas.

Santa gostava de modelos mais arrojados. Certa vez, cismou com um vestido com decote profundo nas costas. Sua mãe, beata e puritana, teimava em fazer um decote que fosse até a altura do sutiã. Quando foi fazer a prova, Santa aproveitou que ela estava com a tesoura justamente fazendo o decote e deu um salto. Minha tia ainda costurou uma alça para emendar o decote, mas na hora do baile, Santa arrancou tudo e se vestiu como queria. Foi ao baile com o modelo idealizado e, claro, o comentário geral foi a ousadia do seu vestido.

Por causa de minha timidez, havia ficado marcada. Dizia sempre não aos rapazes que vinham me tirar para dançar e ganhei fama de esnobe. Por causa disto, todos tinham combinado de me dar um chá de cadeira naquele baile, ninguém me tiraria para dançar. Somente a arquitetura deste plano já havia me rebaixado suficientemente. Faltar ao baile, porém, seria o equivalente a uma rendição. Não. Eu enfrentaria minha humilhação de cabeça erguida, como se aquilo não estivesse me afetando de forma alguma.

Foi quando Giordano chegou em casa junto com meu pai, vindo de Taiobeiras e também sem companhia para o baile. Deus me ouvira! Que visita abençoada! Ainda no momento das apresentações, já lhe falei do baile e ele aceitou o convite sem hesitar. Fomos juntos, dançamos a noite toda e o plano do meu chá de cadeira foi maravilhosamente frustrado.

Não era um rapaz bonito, era magro demais, um tipo *mignon*, mas ainda assim causava boa impressão. Tinha olhos vivos, vestia-se bem, sobrancelhas grossas e bem delineadas, lábios marcantes, nariz imponente sem ser exagerado, levemente adunco, nariz de homem.

Giordano também era tímido e isto se tornara visível em uma de suas reações: o tremor no lábio inferior. Ele ainda não tinha aprendido como disfarçar, já eu, há muito tempo conhecia o truque de morder os lábios. Ao morder, o tremor passa e tem lá seu charme essa mordiscadinha jeitosa. As mãos dele também suavam. Para isto, trazia consigo um lenço. Dizia que estava com calor, mas no fundo eu sabia que sofria da mesma agonia que eu. Sem saber o que falar, sem saber o que fazer, o que conversar. Quem sabe iríamos um pouco para a varanda, ou tomar algo? Foi numa destas paradas para tomar uma bebida – ele pedira um Cuba Libre para me impressionar – que Giordano me pediu em namoro. Disse que tinha gostado muito de mim, que havia conseguido um bom emprego no Banco do Brasil, que nossas famílias se conheciam e toda aquela conversa que em nosso tempo se usava. Eu tinha até simpatizado com ele também, mas aceitei principalmente porque nunca tinha tido namorado e achava lindo ter um.

Antes de Giordano havia tido um flerte com um rapaz, Vinícius, escolhido e indicado por meus pais, e uma paixão retraída por um vizinho de meus tios. O flerte com Vinícius durou treze dias – brutos, porque líquidos não contabilizaram nem meia dúzia de encontros. É que minha implicância com ele começou no dia em que meus pais insistiram para que eu o conhecesse.

Convidaram-no a vir a nossa casa para que conversássemos um pouco e sugeriram que fôssemos ao cinema depois. Assim que ele entrou em casa, minha espinha esfriou, que nervos, o sapato dele rangia a cada pisada. Chamei meu pai num canto e disse que com aquele moço eu não saía. Meu pai não entendia, o menino era tão educado, estudante de Medicina, filho de um grande amigo seu, de família nobilíssima. Quis saber o porquê. Fui sincera, respondi que o sapato dele rangia a cada passo que dava e que aquilo estava me tirando do sério. Meu pai ficou louco de raiva, poucas vezes o vi daquele jeito, me passou uma descompostura, imagina se isso lá era motivo para se recusar um pretendente, o que ele iria dizer ao seu amigo?

Fomos ver *Lawrence da Arábia*, um filme épico muito aclamado, que abocanhou vários Oscars naquele ano, o de melhor filme inclusive, mas com história densa e quase quatro horas de duração. Excomunguei Vinícius para o resto de sua vida, que mau gosto, que falta de noção, ainda bem que tinha o Peter O'Toole, que estava especialmente lindo, no elenco, junto com o egípcio Omar Sharif. E eu, querendo assistir *La doce vita* ou *Bonequinha de luxo*, levei um castigo daqueles: quatro horas de mãos dadas, num filme chato, com companhia indesejável.

Outra falta imperdoável de Vinícius era que ele sempre usava a mesma roupa em nossos encontros: terno azul-marinho. Um dia eu lhe disse que fizesse outro terno, estava cansada daquele, sempre o mesmo. No encontro seguinte, ele veio com fatiota nova: terno azul--marinho. Novo, mas azul-marinho. Foi a gota d'água. Hoje quando me recordo disto, fico até com pena, coitado, era um menino, vivia com o dinheiro contado da mesada dos pais e eu, cheia de exigências!

Já o vizinho de meus tios, eu tinha quinze anos e ele vinte. Era alto, robusto, moreno, desinibido e tinha carro. Ter carro era o auge da época, eram poucos os rapazes que tinham. Eu sonhava inúmeros encontros nossos, em que falaria isto e aquilo, mas quando ele chegava perto, eu abaixava os olhos e nem abria a boca. Ele nem me notava. Se bobear, nem sabia quem eu era. Mal imaginava eu que enquanto eu sonhava com um romance inocente e angelical, ela saía com mulheres liberais, de sua idade, mais novas e mais velhas, mas sempre, sempre, implacavelmente, aquelas que topavam transar. Isso nem me passava pela cabeça.

Levei uma semana para me recuperar do susto quando soube que ele levava suas acompanhantes para a Pampulha ou para o Alto da Barroca e ali tinham relações sexuais dentro do carro. E pior, que preferia as casadas porque estas sempre queriam uma relação discreta, o que lhe permitia continuar solteiramente circulando pela cidade. Seu nome era Agnus, na verdade, Agnus Dei. Sua mãe era católica fervorosa e assim lhe batizou, mas seu filho, de cordeiro de Deus, só tinha mesmo o nome.

Este novo Agnus que se descortinara para mim não me fez desgostar dele, pelo contrário. Atiçou meu interesse, me deu uma vontade imensa de viver um amor bandido, clandestino, impróprio para menores. Talvez essa coragem de fantasiar viesse de eu saber que nunca aconteceria, que eu jamais cederia ou me atreveria a ultrapassar esse ponto de moral que me fora imposto.

Ah, mas como eu sonhava! Eu e Agnus juntos, fazendo amor no carro, viajando sozinhos, todo mundo me sabendo mulher, me apontando, admirando e invejando minha autenticidade. Todas as meninas carentes da cidade querendo ser eu, estar em meu lugar, e ele só teria olhos para mim, se desdobraria para atender a todos meus desejos, meus mimos. Ligariam anonimamente para mim, rancorosas e despeitadas, me chamando de vagabunda. E isto nem me atingiria, até me orgulharia, me sentiria honrada com a ofensa.

Mas na verdade, o que me acontecera, fora exatamente o oposto. Nosso namoro, meu e do Giordano, era morno e quinzenal. Ele vinha de Taiobeiras – no norte de Minas, perto de Salinas quase chegando no sertão baiano – e me fazia uma visita no sábado e almoçava conosco no domingo, a cada duas semanas. Nosso único assunto era casamento: nossos filhos, nossa casa, o vestido, enfim, uma vida que sonhávamos juntos, muito diferente do que realmente viria a ser. Não me queixo, pois este não é privilégio apenas do meu casamento. Todos, sem exceção, dos que conheço, divergiram dos planos traçados.

Casei-me como manda o figurino para que meu pai pudesse pagar sua dívida com sua família. E não poderia ter sido diferente. Eu não era de desobedecer às regras ou quebrar protocolos. Estávamos muito felizes, eu não queria mais nada da vida.

Passamos a lua de mel na Turquia. Quem nos presenteou com a viagem foi o tio de Giordano, tio Alberto. Excêntrico, perdulário, tinha um gosto pela extravagância, pelos desvarios e achou de bom tom compartilhá-lo conosco, um casal tão comum, tão ordinário, talvez valesse a pena dar-nos uma sacudida. Gorducho, bonachão, alto, cabelos levemente caídos sobre a testa, vestia-se sempre com botas de montador por cima das calças, colete e gravata borboleta. Fumava cachimbo e, apesar do peso em excesso e de ser *bon vivant*, era ágil e caminhava obstinadamente com o passo frenético de um industrial.

Tio Alberto gostava das viagens, do Oriente, suas especiarias e seus costumes, os famosos cachimbos de água, os *narguilés*, falava-nos da Ásia, de seus templos, do budismo, do Egito, das pirâmides, do ramadã. Tudo era tão surreal e fascinante, ainda mais para quem nunca havia ido muito além do *footing* da Afonso Pena, que todos se eclipsavam perante tio Alberto, que a cada frase ia se tornando sublimemente etéreo e melopéico.

Visitamos Istambul, a cidade dos dois continentes. Oriente e Ocidente juntos, a um só tempo, comerciantes que te cercam e te aliciam, um mercado agitado, um labirinto de cores, odores e sons, um comércio vibrante, quente, maluco, gritado. De tudo se vê, tudo ali se encontra: lamparinas, incensos, *pashiminas*, lenços, colares, ouro, prata, cachimbo de água, essências, especiarias, tabaco, alabastros, chinelos de couro.

Da capital, seguimos para a Capadócia, veríamos as cidades subterrâneas que os cristãos construíram para se esconder da perseguição dos mulçumanos. Andares para guardar animais, andares para as famílias, sistema de ventilação, local para armazenagem de alimentos, local para a guarda. Toda uma vida subterrânea tornada possível.

De lá fomos para Éfeso, com suas ruas de mármore, onde São Paulo tantas vezes pregara. Casas ricas do século I com mosaicos preservados, a Biblioteca de Celso, que perdia em importância apenas para a tão famosa Biblioteca de Alexandria, a casa humilde e singela onde Nossa Senhora passou seus últimos anos. Fizemos pedido, amarramos um pedaço de pano com fé e trouxemos água benta, com a qual batizamos nossos dois filhos.

De Éfeso partimos para Pérgamo, onde os antigos desenvolveram a técnica do pergaminho. Em Alexandria, onde se encontrava a maior biblioteca do mundo antigo, fabricava-se o papiro, que era fornecido para todo o mundo. Com o crescimento Biblioteca de Celso, o pessoal de Alexandria, vendo-se ameaçado de perder a primeira posição, interrompeu o provimento do material. Encurralados, os turcos se viram obrigados a transformar pele de animal em material para a escrita, culminando na invenção do pergaminho.

E, por fim, Pamukkale. Nada mais lindo que Pamukkale, que quer dizer 'Castelo de Algodão'. Um paredão de formações rochosas calcárias muito brancas, que formam piscinas naturais de águas termais que descem em cascata numa colina. Uma deusa, uma ninfa, um ser sobrenatural, pela primeira vez na vida me senti grande. Chega a ser enlouquecedor de tão belo!

A surdez está me atingindo e, de certo modo, sinto-me aliviada por isso. Ainda ouvindo pouco, posso dizer que a maior parte do que ouço são besteiras, puros adágios descartáveis. Às vezes me canso, tiro o aparelho, o que irrita Giordano, que já está no limite de sua paciência e à beira do esgotamento. Mas eu também estou, e por isso não volto atrás: tiro o aparelho.

Nada pode ser mais injusto do que a doença quando esta adentra uma casa. Ela retira o direito da família de se alegrar por ainda poder desfrutar de momentos junto a seu ente amado, ela liquida o doente com as dores e a percepção de que já está passando da hora. Oh, nuvem negra que repousa sobre lares inocentes de gente honesta e trabalhadora, que desequilibra a balança da justiça e aniquila o final, justo o final, justo o último rosmarino fresco!

É meu direito não querer ouvir, ficar absorta em meu mundo, se o mundo externo me importuna.

– Que? – respondo ao chamado de Giordano, mas nem presto atenção à resposta.

– Você quer ir à casa de Santa? – ele repete.

– Que? – repito, e novamente não me atento a sua pergunta.

– Quer ir à casa de Santa?

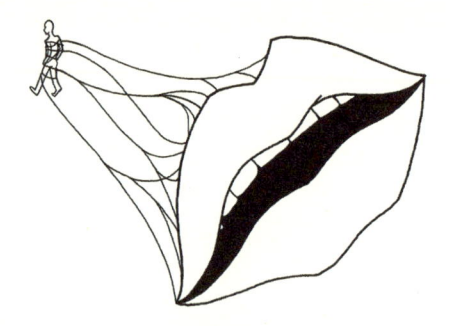

Sinalizo que não com um meneio de cabeça, apenas para ficar livre da irritação que se seguirá se pronuncio mais um mínimo "que". Eu já conheço a cena, ela se repete tantas vezes: falo "que", Giordano repete, eu não presto atenção, e assim alternadamente, até que ele se altere e me magoe profundamente por ter sido impaciente.

Meu filho insiste para que eu persista no uso do aparelho, mas não quero. Não preciso escutar tanto. Próteses são arranjos, arranjos grotescos e infames, que não tem nada a ver com aquela habilidade ou capacidade perdidas. Escuto sons que não fazem parte de uma audição natural, estridentes demais, sussurrados em excesso, invasivos, desregrados. Não me agrada escutar o que estão falando em outro quarto ou na casa ao lado, se tem horas em que mal tolero minha própria voz.

Retomamos a vida e fomos um casal feliz. Giordano é um homem bom, foi bom marido, bom pai. Pensava que seria assim para sempre. Nunca pensei em querer algo mais, ou diferente. Por isso, fiquei desesperada quando descobri sua traição.

Sempre fui pacata, mas por ele, eu me desdobrava. Se quisesse ir para o outro lado do mundo, eu criava asas e aprendia a voar. Tomei sua atitude por uma ingratidão sem tamanho.

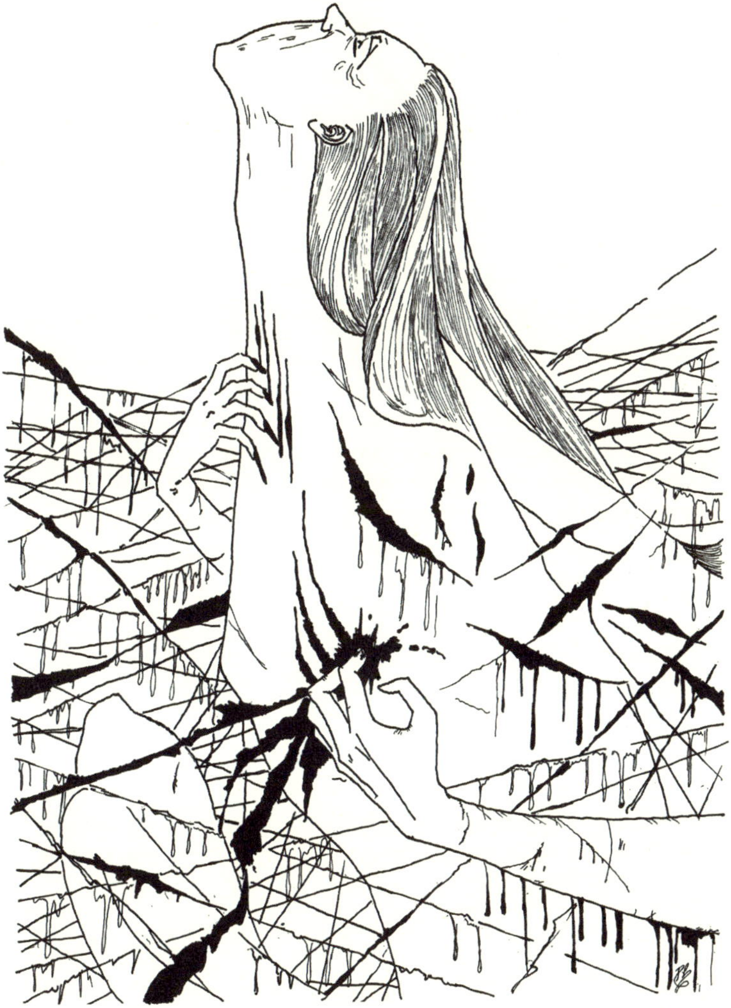

Comecei a proceder de forma que até eu desconhecia em mim. Gritei, fiz escândalos e exigências. Queria a casa, os filhos, pensão, tudo que pudesse incomodá-lo. E quanto mais concessões ele fazia, mais acalorava minha ira. Na verdade, cada outorga a uma condição por mim imposta era uma forma que Giordano tinha de minimizar sua culpa. Mas a leitura que eu fazia de suas ações, era de que ela era valiosa demais, bonita demais, amada como eu nunca fora e para ficar junto dela, ele pagaria qualquer preço. Era como se tudo valesse a pena por causa dela. Até aquele momento, eu não conhecia o ódio. Fui a ele duramente apresentada por este episódio. Havia me tornado uma mulher furiosa, essa é a palavra.

Fiquei louca. Tão louca que peguei uma gilete e me cortei toda. Braços, coxas, barriga, nádegas... Rosto não. Esse eu preservei da minha insanidade. Adoro o rosto que tenho. Os traços delicados, nariz pequeno e pele muito alva. Fiz vários cortes. Profundos e rasos. Como se sangrando a carne eu pudesse estancar a alma.

Arrumei amantes, vários, diversos, muitos. De todos os tipos: cultos, medíocres, intelectuais, cheirosos, suados, bonitos, feios, altos, baixos, gordos, magros, rústicos, finos, grosseirões, ricos, pobres, novos e velhos. Apesar de extensa, a lista não chegou a ser do tamanho da minha cólera, foi menor.

Cheguei a transar até com o rapaz que fora entregar gás em casa, que foi, inclusive, o primeiro deles. Nem sabia como fazer para me insinuar, mas foi mais rápido e simples do que pudesse imaginar. Apenas deixei minha perna encostar-lhe enquanto ele fazia a troca dos botijões e o menino entendeu o recado: encostou-me na parede e deu-me o que queria. Estranhei seu cheiro, sua língua grande, o hálito forte. Seu corpo magro, franzino, estava suado. O cabelo era ruim, as mãos calosas. Mas eu senti um prazer tão intenso. Era como ser livre, poder fazer algo sem compromisso algum, sem satisfações, sem ter que dar continuidade. Naquele momento, entendi um pouco como era ser homem, dar-se o direito de, de vez em quando, ser feliz sem culpas. Saber que posso fazer uso do meu corpo para o que eu quiser, até para a revanche e que, para isso, eu não preciso de assinatura em papel algum que me autorize.

Era isso mesmo o que eu queria com tudo isto: vingar-me. Deixar de ser só dele. Falar que ele era ruim de cama, sua performance era banal, suas proporções chegavam a ser medíocres, que eu já tinha tido homens muito melhores. Mas ele não se importava e isso me matava aos poucos.

Procurei uma cartomante – ou melhor, uma consultora espiritual, era assim que ela se denominava. Tinha que haver uma resposta, ela deveria saber. Dessas bem fajutas, que distribuem panfleto no centro da cidade e falam tudo o que serve para todo mundo. "Trinta anos de experiência desmanchando magia negra, macumba e inveja", esse era seu lema. Sua propaganda dizia: trago pessoa amada de volta em três dias – era isso, isso que eu precisava. E melhor ainda: coloco seu amor aos seus pés melhor do que antes. E mais adiante: afasto o(a) rival, tiro mau-olhado, desfaço trabalho, adivinho futuro e limpo passado. Como pude cair numa cilada destas?

Marquei consulta para as três horas da tarde. Um sítio lúgubre, que me deu medo. Tinha que subir uma escada estreita e comprida, quase voltei para trás. Cheguei a duvidar, mas fui em frente.

Entrei. O local era todo decorado para impressionar: meia-luz, cortina diáfana no meio da sala, com pingentes imitando cristal, velas, um pequeno altar no canto, com vários santos. Ela levava um lenço de seda na cabeça, que ia preso como se fora um turbante, saia longa, muitos colares, muitas cores.

Pediu que me assentasse, mandou beber um café, era na borra da xícara que veria o meu futuro, ali no fundo estava escrito meu destino. Prometi a mim mesma não dizer palavra, se ela era mesmo vidente, haveria de me dizer tudo. Fiquei maravilhada como ela havia adivinhado o motivo de minha consulta, antes mesmo que eu lhe dissesse.

– Você está com uma aflição muito grande.

Isso, era verdade!

— Tem um homem ao seu lado, quem é ele?

— É meu marido, quer dizer, ex-marido, acabamos de nos separar.

Olhava compenetradamente no fundo da xícara, às vezes fechava os olhos, segurando as têmporas, depois trazia a mãos sobre os olhos, respirava fundo, olhava para cima e prosseguia:

— Vejo uma terceira pessoa, uma jovem, parece uma mulher. Esta pessoa está em seu caminho.

Meu coração veio à boca, estava horrorizada, como podia saber de tudo? Sem perceber, estava eu lá, contando para a cartomante tudo o que ela precisava saber para me impressionar ainda mais. Contei-lhe toda minha separação, da amante de Giordano, dos tantos anos de casamento que foram por água abaixo por causa desta ordinária.

Pediu para ver minha mão, via algo relacionado à minha saúde, queria ver a minha linha da vida. Ah! Tinha outra linha que lhe atravessava, via? Mostrou-me. Eu vi, era verdade, mas o que significava? Iria morrer em breve, era isso?

Devia tomar muito cuidado, as invejas, os despeitos e os maus-olhados atravancavam meu percurso. Se quisesse, ela poderia desfazer os trabalhos que tinham feito para mim, mas para isto, precisava de material especial – flores secas de buquê de noiva, mel puro, folhas de louro, galinha virgem – e não tinha recursos. Se pudesse ao menos lhe dar o dinheiro para comprar o material...

— Claro, com certeza – concordei imediatamente.

Comprometeu-se com a desfeitura dos trabalhos, mas não era suficiente. Eu devia levar para casa umas velas e incensos – ela tinha em casa, ela mesma me daria – e rezar, por treze noites seguidas, uma oração que me passou por escrito. Tudo na maior discrição, sem comentar nada com ninguém, qualquer palavra a mais poderia atrapalhar e interferir em meu destino.

Quis saber, por fim, se Giordano voltaria para casa.

— Vejo vocês unidos até o fim, a mulher jovem vai embora, é apenas uma aventura, um caso passageiro.

Abri um sorriso de canto a canto, era tudo o que eu queria ouvir. Fui embora alegre e satisfeita. Todas minhas aflições pareciam ter sido tiradas com a mão.

Perguntei-lhe quanto era a consulta, mas ela não cobrava, pediu apenas que eu pagasse as velas e incensos que me dera. Dei-lhe três mil cruzeiros. Três notas de mil com o Barão do Rio Branco estampado. Cada barão valia muito naquela época, paguei uma pequena fortuna pela minha esperança de volta.

No dia seguinte seria feriado. Meus filhos tinham viajado com seus amigos, já não lhes dava gosto viajar conosco. Também, nem éramos mais uma família – era assim que minha amargura justificava o fato de eles terem crescido e eu ter que enfrentar a solidão por todos aqueles longos dias que se sucederiam.

Pela primeira vez na vida, a casa era toda e só minha. Resolvi mudar a perspectiva e ver a situação por este lado. Nem sei de onde tirei forças, mas a lógica adotada era essa: iria, enfim, desfrutar de minha casa, do conforto que ela me proporcionava. Também não estava sozinha, nem triste. Estava na companhia do meu célebre amigo Pablo. Pablo Neruda. É, sou amiga íntima dele, só que ele não sabe. Estou lendo *Confesso que vivi* e tenho a sensação de que ele está bem aqui, em pessoa, fazendo a narrativa de sua vida exclusivamente para mim, numa devoção íntima.

Gosto da parte que ele conta do seu primeiro livro, que saiu pela rua com ele embaixo do braço, com os sapatos rotos e louco de alegria. Que vontade de ser Pablo Neruda, daria tudo para sentir esse tanto de realização pelo menos uma vez na vida.

Fui acender minhas velas, meus incensos, fiz a tal oração e fui dormir.

De tudo sei falar, sou boa em opinar, dizer que as pessoas são boas ou são egoístas, que o mundo devia ser assim ou assado, que as coisas são certas ou erradas. Menos de mim. De mim mesma, nada sei. Não consigo dizer de mim, sou isto, sou aquilo. Surpreendo-me a cada dia com tantas coisas que deixei de ser, deixei de fazer. Muito por medo de tentar, de parecer ridícula ou mesmo de parecer ser feliz.

Olho-me no espelho buscando dar vazão a essas reflexões. O que encontro é uma mulher já bastante encanecida – como essa doença vai me consumindo! –, a boca encovada – a parte inferior dos lábios já não surge espontaneamente na face, como que engolida, tragada pela parte de cima –, de pele ainda lisa – contudo – apesar das mãos engelhadas – que não se reconhece no retrato que o espelho lhe oferece. Dizem que não é assim. Que estou exagerando. Estou é, sim, muito bem. Não aceito. Estou velha. Eu insisto.

Penso nas tantas coisas que não fiz e agora já não farei porque o tempo cobra seu preço. Pergunto-me em que se constitui viver se foi perto do fim que me deu vontade de ter coragem. Não para grandes feitos, altas empreitadas, mas aquela coragem miúda das coisas mais pequeninas: mergulhar de cabeça em local desconhecido, em águas frias e profundas, tomar sorvete debaixo do sol, puxar rabo de cachorro, comer doce e lambuzar, ouvir música bem alto, até incomodar a vizinhança, dar resposta malcriada, gritar de alegria ou por tristeza. E também, coragem para as grandes decisões que poderiam ter mudado meu futuro, como terminar meu casamento e estudar depois dos filhos criados.

Quando eu falava em estudar, Giordano dizia que eu estava velha. Imagine, uma mulher de trinta anos, na faculdade, junto com aquela molecada de dezoito? E eu acreditava, achava que seria alvo de chacotas e me conformava com minha vida de dona de casa, esposa e mãe. Não eram grandes ambições, mas teriam alterado a rota do meu destino, minha rotina insólita, chata, vazia e quase demente.

Como eu agradeceria se alguém, um dia, lá atrás, nas fraldas ainda, tivesse soprado no meu ouvido: Vá Valentina, sê valente, que o livro de todas as vidas tem um inexorável ponto final. Mas nenhum anjo orquestrou essa sinfonia para o meu juízo. Fiquei assim, de espectadora da vida alheia. Era sempre a amiga disponível, a tia acolhedora, a que acompanha parentes no hospital – e se me substituíssem nesta função, eu ficava ofendida. Porque o meu tempo não me fazia falta, era todo para doações e, por mais irônico que possa parecer, elas é que me salvaram, sempre.

Sempre tive todo o tempo do mundo e junto dele a terrível angústia de saber que ele me sobrava. Talvez por isto, Deus esteja me fazendo esquecer. Realmente, melhor não lembrar. Se fosse como meu pai, que conseguiu unir trabalho e vocação – quem consegue isto nesta vida? – provavelmente faria como ele, morreria sem esquecer nem um pedacinho de vida, duro até o fim, sem ceder para a morte, findando só depois que a morte se rendesse primeiro.

O tempo em que Giordano e eu nos separamos foi a única época em que o mosquito da ousadia me picou. Fui Valentina ao extremo. Mulher com orgulho ferido, um perigo! Fiz de tudo, mas ele estava sempre no fim, como objetivo; queria apenas afrontá-lo, atingi-lo. Como uma mulher permite que um homem domine todo o sentido da sua vida?

Giordano é católico de carteirinha. Católico apostólico romano. Fora coroinha na infância e seminarista até conhecer mulher, bebida e cigarro. Para incomodá-lo, passei a frequentar um terreiro de candomblé.

A convite de uma amiga, que estava interessada num candidato a pai-de-santo, comecei a ir ao terreiro, mas sem fazer qualquer incursão na história do candomblé, ou sem ao menos consultar a linhagem a que pertencia aquele grupo. A gente relembra esta estória até hoje e se deita de rir. Não era um culto sério, mas um território de charlatões. De qualquer forma, nosso interesse não era religioso, mas somente de visitarmos o tal amigo dela que se preparava para ser iniciado ou, como eles diziam, preparava-se para a "feitura de santo". Futuramente, ele até viria a romper com este pessoal e a frequentar outro terreiro, estes sim honestos e dedicados ao culto dos Orixás, Inquices e Voduns.

A iniciação consistia em um retiro de 21 dias no roncó, uma alcova que ficava junto ao quarto de santo – local onde fica uma espécie de altar onde são colocados os assentamentos dos Orixás, ao qual não tivemos acesso por ser permitida apenas a entrada aos filhos da casa. No roncó, a pessoa se mantém alijada da vida profana, devendo desligar-se e se abster de quaisquer assuntos terrenos, dedicando-se totalmente ao rito de passagem. Para isto, ele havia raspado a cabeça e fazia rituais diários de limpeza espiritual, tomando banhos com folhas sagradas e se voltando ao aprendizado das rezas, costumes, lendas e práticas de curas.

Em vez de aproveitarmos os 21 dias subsequentes em que fomos visitá-lo para entender um pouco desta religião tão rica e exótica, que perdura após ser tão combatida por tantos séculos, o que fizemos foi só levar diversos assuntos terrenos para perturbar a paz do nosso querido amigo que estava ali tão investido na sua iniciação, ao que ele nos interrompia dizendo: "fechou o tempo" e fazendo um movimento com a mão como se esta buscasse algo no ar, trouxesse à boca, para que esta o assoprasse e então abrir a mão novamente. Morríamos de vontade de rir, depois que saíamos de lá, ficávamos arremedando-o e ríamos de mijar. Que falta de sensibilidade, hoje vejo.

No vigésimo primeiro dia, acontece a celebração final, a chamada "saída de Iaô". Pedro, nosso amigo, surgiu vestido de branco, com uma pena vermelha na testa, ao som de cantigas para os Orixás. Era mesmo coisa dos deuses, não tinha nada de terreno naquela sua aparição: seus gestos, o olhar tão ensimesmado que parecia divino.

Depois ele voltou, com roupas então coloridas, o corpo pintado desde a cabeça, folhagem nas mãos e agora menos divino e mais visceral. E assim, ele foi fazendo saídas e entradas, as quais já nem me lembro mais, nem em que ordem ou com qual vestimenta, e cantando com voz rouca e robusto, entrando em transe enquanto os atabaques tocavam ao arredor, criando uma sonoridade excêntrica e notável. De filho-de-santo, Pedro agora havia se tornado pai-de-santo, ou melhor, Pai Pedrinho d'Oxossi.

Encerrada a cerimônia, foi oferecido um banquete, um cabrito deveria se ofertado ao santo. Só que não haveria cabrito algum naquela comida, apesar de estar tudo muito farto, acompanhado de um apetitoso cozido, canjica, milho, cará e uma bebida chamada aruá, feita de farinha de milho, casca de abacaxi, gengibre e suco de limão. Ana, minha amiga, não comeu nada, fresca, tinha nojo de tudo. Eu não deixei passar nada, quis de tudo um pouco. Mas nós duas já sabíamos que ao invés de cabrito, seria servido frango assado.

Bem mais cedo, antes da cerimônia iniciar, flagramos o pai-de-santo, que havia iniciado Pedro, preocupado, comentando com sua mulher que o cabrito tinha perdido e que não havia como comprar outro. Ao se aproximarem mais pessoas, aconteceu a cena na qual supostamente baixou o santo nele e este dizia: "o santo não quer cabrito, o santo quer frango assado". Este o momento em que se revelou para nós a sua vigarice e não pudemos conter o riso. Ele, possesso, tratou de convocar outro santo e desta vez, baixou uma criança, com a sinceridade pura destas e tratou de nos desfeitear perante todos como vingança. "Tê é *muiiito* feia, parece que *cumeu azeduuu*! Tê é fedorenta *tamém*, ecaaaa". Quanto mais ele se vingava, mais nos divertia.

Não tivemos peito de contar ao Pedro na época, mas não foi necessário. Com o tempo, ele mesmo buscou o caminho certo no candomblé. E pior, nem um beijo minha amiga conseguiu, depois de três semanas ininterruptas de dedicação.

Quem o fez foi Santa. Assim que Santa e Pedro se viram pela primeira vez, ficaram para sempre juntos. Foi a morte para a sua família. Santa amasiada com um homem de candomblé. Santa amasiar-se já era por si só uma notícia totalmente inaceitável, sobre a parte do candomblé, então, acho que nem preciso discorrer a respeito.

Meus tios romperam de vez com ela, que foi então mais livre do que nunca. Este seria o segundo e último casamento de sua vida. Pedro sabia deixar Santa ser tudo o que ela precisava e, ao mesmo tempo, ela conseguia ser tudo o que ele precisava. Estavam irremediavelmente unidos.

Muito católica, beirando a hipocrisia, assim era a família de Santa. Sua mãe, tia Filhinha – irmã mais nova de mamãe, que ela trouxera depois que já estava estabelecida por aqui – batizara suas filhas de forma ritualística, quase uma consagração, denominando-as: Santa, Carola e Benta. Nem minha mãe sabia de onde minha tia tinha tirado tanto apego ao catolicismo. Parece, de qualquer forma, ter sido este o modo que ela encontrou para se inserir na sociedade, ter conceito, ganhar respeitabilidade. Como Santa lhes saíra rebelde e Benta, apesar de sua obediência servil, não dedicava à Igreja nada além de uma devoção fingida, Carola era a menina dos olhos da casa.

Carola. Não era apelido não. Era seu nome mesmo. Seus pais escolheram porque queriam que ela fosse, mesmo, muito carola. E se orgulhavam por haver, pelo menos em uma das três tentativas, enfim, conseguido.

Achavam lindo seu excesso de religiosidade, aquela dedicação íntima, aquele fervor indubitável. Queriam que pelo menos a filha do meio fosse assim, já que outras pareciam avessas à religião, à Igreja, seu credo e outras ladainhas – apesar de que Benta, pelo menos socialmente, não lhes desapontasse e fizesse seu teatro de forma convincente. Isto já lhes agradava, bastante. Era quase como se ela fosse religiosa de verdade, pois lhes valia mais o que era mostrado ao pessoal da paróquia e do bairro. Do resto, cuidariam depois – se houvesse oportunidade; não havia urgência.

Assim Carola fez. Seguiu fielmente o que lhe predestinava seu nome. Frequentava a igreja diariamente, fazia leitura nas missas, participava do ofertório, confessava-se regularmente. Ouvia atentamente aos sermões, comentava-os em casa para que seus pais a admirassem e a amassem ainda mais e, principalmente, mais que as outras irmãs, que nunca tinham a menor ideia do que o padre falara. Enquanto Carola gastava o verbo exibindo o conteúdo das missas em forma de reflexões, sob a admiração irrefletida de seus pais, Santa e Benta se entreolhavam e um leve e irônico suspender de sobrancelhas bastava para que elas se entendessem.

Frequentavam a Paróquia Santa Teresa e Santa Teresinha, uma igreja modesta nos adornos, mas suntuosa no tamanho, cuja nave central possui extensão colossal. Santa, Carola e Benta, junto com seus pais, deviam estar todos os dias, às seis horas da manhã já de pé, banho tomado, esperando, em jejum, o começo da missa.

A missa das seis, chata, repetitiva, quase um mantra, significava para Santa e Benta apenas a ansiosa espera pelo fim, seguido do café da manhã. Deviam comungar em jejum, e, aos sábados, confessar seus pecados, todos, um a um, pois se acaso se esquecessem de qualquer pequena falta, por menor que fosse, assim que comungassem, começaria a sair sangue de seus olhos, por ainda estarem contaminadas por seus erros.

Santa não acreditava nessa estória, mas Benta se deixava impressionar e, para que não esquecesse pecado algum, anotava-os em sua caderneta. Já tinha até um rol fixo de faltas: brigar com as irmãs, responder aos pais, falar mal dos outros, mentir, invejar. Já pensar bobagens e olhar as partes íntimas durante o banho sempre lhe envergonhavam revelar, de modo que passara mesmo a evitar o contato com o próprio corpo e o acesso aos maus pensamentos. Não adiantava Santa lhe mostrar os olhos limpos, sem sangue, quando comungava. Estava tomada por aquele temor, não tinha como não se intimidar.

Carola, por sua vez, ia longe com suas carolices. Até jejum fazia! Passava toda a quaresma a pão e água, com a família inteira desdobrando-se em atenções e cuidados com ela. Tia Filhinha e o marido tratavam de divulgar aos quatro ventos o obstinado e honroso sacrifício da filha.

Como se não a apoiassem, lamentavam seu esforço, fazendo crer que a filha, por si só, teimosa e devota, insistisse: "Carola já é tão magrinha, não devia jejuar a pobrezinha! Mas – emendava tia Filhinha com orgulho – é tão religiosa, que se há de fazer?".

Promessas, fazia tantas que mal conseguia pagá-las. Tinha uma dívida eterna com Deus. Fazia-as também em nome de terceiros. Se alguém estava doente, endividado ou tinha algum parente envolvido com jogo ou bebida, ela tratava do caso pessoalmente e fazia com Deus os tratos mais incabíveis e diversos possíveis: acompanhar a procissão da Sexta-feira Santa de joelhos, ficar sem comer aquilo que mais gostava, ler o Velho e o Novo Testamento de trás para frente e de frente para trás, e outras tantas extravagâncias. Caso a graça fosse alcançada, ou seja, se o dito cujo sarasse, se empregasse, parasse de jogar ou beber, tinha que honrar o trato divino feito por Carola. Teria que pagar a promessa a qualquer custo, senão a vizinhança inteira se voltaria contra aquele fulano – ou fulana –, já que seu nome e suas promessas eram conhecidas, divulgados, arreceados e, sobretudo, repletos de credibilidade.

Santa já estava, de certo modo, acostumada com a preferência dos pais por Carola, mas, no fundo, tinha certos ciúmes da irmã e não gostava de se sentir preterida. Por isso, era normal se de vez em quando ironizasse: "Carola, você está querendo virar Santa? Desiste, Santa é única". Gostava também de perturbar Carola dizendo que suas idas tão frequentes à igreja não eram para rezar, que Carola namorava o padre, o que só lhe trazia a reputação de despeitada.

Carola queria matá-la diante tais comentários, mas não se arriscaria a perder o posto de filha exemplar e sabia que seus pais, certamente, sairiam em sua defesa, o que inevitavelmente acontecia. Os pais da menina ficavam indignados com a crueldade de Santa, como podia ser tão maldosa? E mais grave ainda, envolver o nome do padre numa blasfêmia desta, um homem íntegro, de consciência escrupulosa.

Com esta família, é possível imaginar o preconceito que Santa tivera que vencer para se juntar a um pai-de-santo. Sua família rompeu consigo, acusaram-na de herege e a deserdaram, até o acontecimento de um episódio que viera alterar todo o rumo de suas vidas e seus valores, mas que deixarei para pensar depois.

Minha família, filhos, irmãos e marido passaram a se revezar para tomarem conta de mim. Giordano não admitia que falassem de minha condição para ninguém, era sua mulher, mãe de seus filhos e bem ou mal, sua companheira de toda uma vida. Já para o final da doença, quando estivesse bem decrépita, ele diria "antes vê-la morta". Só que este silêncio, este não poder dizer, ter que ocultar, sufocar, fingir, fazer de conta, fazia mais mal a ele do que a mim, a quem ele tentava poupar com tal atitude.

Fui dando canseira, ficando muito agitada, queria andar, descíamos, andávamos cinco minutos e queria subir, ver televisão, mudava de canal milhares de vezes, nada via, me cansava, queria tomar banho, entrava no chuveiro, queria sair, queria comer, mordiscava um biscoito e não queria mais. Era um desassossego que até eu vinha ficando cansada de mim. Como se quisesse abandonar meu corpo, um desespero.

Contrataram duas enfermeiras: uma de manhã e outra à noite. A do período noturno, nem conheço na verdade. Com os medicamentos, durmo a noite toda. A do dia está me matando aos poucos, de cólera. O tempo todo, tudo que faço, está ela lá, aquela mulher atrás de mim, postada, vigiando, como uma sombra, sem dar trégua. Eu a dispenso volta e meia: "Agora você pode ir para sua casa, viu?". Ela apenas ri e fica. Um dia lhe perguntei: "Você comprou esta casa?".

Às vezes não sei onde estou e digo: "Vamos voltar para Belo Horizonte", e ela me responde que não precisamos voltar, pois estamos na cidade. E eu pergunto de quem é essa casa. E ela responde: "É sua, não se lembra?". Eu fico surpreendida, nossa que casa boa, em estilo mediterrâneo, com arcos, portais de madeira, jardins com plantas nobres – orquídeas, lírios, chifres de veado – varanda, piscina, vasos grandes e imponentes. Admiro-me de minha riqueza, esquecendo-me o quanto foi suada cada conquista minha e de Giordano. Ainda que eu não trabalhasse, estava ali também o valor da minha contribuição: costurar, tricotar, cerzir roupas, cozinhar, lavar, passar, tudo sozinha, tudo com muita economia, sem que nos faltasse conforto.

Minha casa é bastante enfeitada, o que, notadamente, me satisfaz. Gosto de casas que me contam quem é seu dono, do que ele gosta, por onde esteve, o que colecionou ao longo da vida. A casa deve imprimir a personalidade de quem a possui, é isto.

Já vi em uma revista que nas casas de Pablo Neruda existem elementos de todas as partes do mundo por onde ele esteve, revelando seus gostos, seus apetites e sua história. São casas singulares, vibrantes, cheias de originalidade e, por isso, visitadas por gente dos quatro cantos do planeta. Outro dia, entrei na casa de minha amiga, elegante, harmônica, de um gosto incontestável. Mas não tinha sua marca. Eu ia olhando e dando falta dos objetos de sua preferência, de suas peças de estima, ao que ela seguia respondendo, "a decoradora não gostou", "a decoradora falou que é muito grande para este espaço aqui", etc. Por fim, ela foi ficando alterada com minhas perguntas – que mais do que questionamentos, eram cobranças – que acabaram se tornando inconvenientes na medida em que iam revelando que aquela casa poderia ser qualquer uma das que aparecem nas revistas: lindas, chiques, elegantes, mas sem o brilho das particularidades.

Fica por conta dos lavabos o realce final. O lavabo é a coqueluche dos projetos arquitetônicos e decorativos: é o local no qual se tenta a todo o custo imprimir elegância em nosso ato mais ordinário; ou melhor, é uma tentativa de tirar o mal-estar dos ricos, oferecendo-lhes um diferencial exatamente no ponto em que todos os homens se igualam. Por vezes, ainda sem necessidade, chego a fingir precisar ir ao toalete somente para atravessar o umbral que conduz àquele cânone da suntuosidade e fruir, fruir, fruir.... Ali estamos no ponto de excelência da casa e tudo é primoroso, do melhor que se há: a toalha de grife, felpuda e bordada; o sabonete líquido viscoso e perfumado, guardado em recipiente abaulado, cor de pérola; cubas e torneiras imponentes; *pot-pourri*, flores e espelhos. Ah, *dolce far niente*!!! Queria poder passar umas férias inteiras dentro de um lavabo!

Comecei a viver de reflexões. Via uma veia, pensava se arrebentava, se não arrebentava. Meu joelho magro, pontudo, parecia me olhar. As mãos engelhadas me indagavam, me faziam pensar, era a doença, ou seria a idade? O esmalte... deveria continuar a pintar as unhas, ou já não fazia mais sentido? Tudo eram indagações. Indagações silenciosas, pois se surgiam em voz alta, achavam que eu estava cada vez mais piorando.

Queria andar e só andar, comer e só comer, beber e só. Mas, não. Não só ando, mas ando e penso, nem só bebo, mas bebo e penso;

dentro de mim existe essa aflição, e ela não me abandona. Eu como e nem como, apenas realizo um movimento automático e necessário. A aflição toma tudo e as reflexões, estas, nem a caduquice me tirou.

E me levam a crer que a morte não é o marco do fim da vida. A vida termina no esquecimento. Quando já não nos lembramos de nada mais, o sentido se desfez, resta apenas um corpo sem vida, uma massa que se move, anda e sobrevive. Nunca imaginei que o fim pudesse acontecer ainda em vida. Estou apavorada, tento todos os meios para não me deixar escapar mais nem um lapso de recordação, mas quando vejo estou avoada, em outro mundo, um mundo que não me traz nem alegrias, nem tristezas. Só agora reconheço o valor das coisas tristes. Quando se está triste, o sentimento está ali, à flor da pele; você sente raiva, se emociona, chora. Está viva. Existe vida na tristeza. Eu não sabia: é preferível ser triste que vazia. A dor da morte não é pior do que a experiência do nada. Sem morrer, já o sei.

Por isso, com todas as dores e por mais contraditório que pareça, a época de nossa separação foi uma das melhores da minha vida. Quando digo isto, só consigo pensar que a vida é muito mais surpreendente do que podemos imaginar. Pelo menos no sofrimento, encontrei-me viva. Viva, tomando minhas decisões, indo aonde queria, com quem quisesse. Precisou que algo morresse em mim para que eu encontrasse um pouco da minha essência.

Sair tendo relações com qualquer um me machucou algumas vezes, significou contrariar minha natureza em um ponto muito delicado, mas ter amantes foi bom, foi muito bom. Palavra linda: a-man-te. Desde criança quando minha avó falava em tom de censura que "ela era a amante dele", achava lindo de morrer ser amante. A-man-te! Gosto de falar assim, escandindo, para sentir o gosto de cada letra. A-man-te! Aquela que ama, que está disponível para o amor. Em nome do amor, um amor maior e mais importante que convenções sociais, a amante ultrapassa tudo o que a sociedade lhe impõe. É uma transgressora por excelência. Dona de um amor maior. Este é o meu fascínio por ela.

Valeu ter muitos homens, saber que poderia ser desejada, tornei-me até mais interessante. Cuidava do cabelo, das unhas, comprava cremes e roupas. Lia mais, ouvia música. Até minhas cicatrizes – aquelas que consegui graças à minha gilete – me renderam boas estórias. Depois do Giordano e de todo o episódio, vários amantes tocaram nelas. Digo vários, não todos. É que tenho um certo xodó por esses meus queloides. Amantes fugazes não tiveram permissão para desfrutá-los.

Essa estória começou com o Agnus. Lembram-se do Agnus Dei, da minha adolescência? Ele mesmo. Reencontrei-o por um acaso e, também em mim, reencontrei toda a voracidade com que lhe desejei na juventude. Entreguei-me sem medo e foi uma paixão plena de romantismo e fanática.

Agnus adorava lamber minhas cicatrizes. Principalmente as mais profundas, que ficaram bem altas. Até tinha uma que era a sua preferida. Ela fica bem embaixo da minha nádega esquerda. Sabe aquela curvinha onde termina o bumbum e começa a coxa? Pois é. Tenho uma bem ali. E é a que ele mais gostava. Ficava lambendo ela por horas. Às vezes, ele lambia de um jeito tão sincero que eu ficava até desconcertada. Talvez porque eu andasse meio desacostumada com a sinceridade.

Se minha mãe fosse viva nessa época, certamente eu não estaria tão sem prática nesse quesito. Ela, quando tinha de dizer algo, não contornava. Era incisiva, direta. Para ela, as meias palavras não careciam de terem sido inventadas. Nunca me poupou de saber meus defeitos. Muitas vezes eu reclamava, dizia que ela era muito dura. Ela respondia que não havia nada melhor que a verdade, por pior e mais incômoda que fosse. Se naquele tempo eu soubesse o quanto dói a mentira, certamente não me queixaria.

Decidir se separar, brigar, despejar as mágoas mútuas e contidas de anos, nada, nada, mas nada mesmo se compara à dor da partida, o momento em que Giordano deixou nosso lar. Tive que lidar com uma impotência maior do que podia suportar. Casamento, filhos, projetos: era como se tudo estivesse desmoronando diante dos meus olhos e eu não pudesse fazer nada. Uma avalanche que não se pode conter.

Foi nesta época que sonhei. Estava responsável pela organização de uma biblioteca e os livros caíam todos das prateleiras, no chão, por cima de mim. Atropelavam-me, me derrubavam. E eu, sozinha, inutilmente tentado recolocá-los no lugar, num desnorteamento infinito. Mas era impossível, eram milhares de livros despencando ao mesmo tempo, sob a minha cabeça.

Giordano havia se apaixonado e isto me matava de ódio. Ódio, porque por sua causa eu evitara diversas oportunidades de seguir adiante com um romance, um caso, seja lá o que for. Ódio porque por ele, por nossos filhos e por nosso casamento eu abrira mão de tudo: vaidade, profissão, projetos pessoais. Ódio por ter acreditado tanto. Ódio por ter sido tão crente nesta instituição chamada casamento.

No momento exato de sua partida, o dia se fez noite. Eram duas horas da tarde e era mais noite do que nunca. Escureceu, caiu um temporal, uma chuva que ventava por todos os lados, varrendo tudo, derrubando tudo, causando um estrago inimaginável.

Eu acreditava que Deus chorava sua partida, que um dia ele se daria conta do erro que cometia. Eu não chorava. Mas o estrago dentro de mim, a minha chuva interna, era muito mais devastadora.

Fui nadar. Taí, um dos poucos *hobbies* que conservei, umas das poucas coisas que ainda fazia por mim. Frequentava uma piscina perto de casa que se chama "Piscina de Roma". Ultimamente ando esquecendo seu nome, que sempre considerei um luxo, esplendoroso. Remete-me àqueles banhos majestosos, dos antigos imperadores romanos.

Ia sempre a pé e aquele dia não foi uma exceção. Enfiei-me no meio do temporal e fui. Eu que era vítima de enchente emocional, que padecia de tantos sentimentos que transbordavam, deixei que o pé d'água me arrastasse até a piscina. Nem percebi o caos em que a cidade estava, todos se abrigando embaixo de marquises, guarda-chuvas e afins e eu, ali, me deixando molhar, entregue à inclemência da natureza.

Sempre gostei de tomar chuva. Adoro. Quando éramos pequenos, mamãe saía comigo e meus irmãos sempre que chovia – chuvas de verão – para tomarmos chuva, propositadamente. Mamãe sempre tão sisuda, a chuva cuidava de deixá-la amável e delicada. Ela ficava feliz. Feliz mesmo. Por isso, quando chove, eu gosto de sair, ao invés de me proteger dentro de casa: porque eu me aninho nessa lembrança.

Mas aquele não era um dia próprio para isto. Chovia de lado, de frente e de trás, ventava, de uma forma tão bruta! Mas era um vendaval encomendado para mim: um vento que, ao mesmo tempo que açoitava, empurrava para frente. E eu obedecia, aos trancos e barrancos.

Porque esse é o imperativo da vida: seguir. Porque mesmo que você não queira, o dia vai em frente, alcança a noite e um outro dia amanhece e te obriga a atravessá-lo.

Pulei na piscina de uma vez. Não tinha ninguém. Não sei porque as pessoas não nadam nos dias de chuva. Eu gosto. Só sei que achei ótimo aquela piscina toda para mim. Acho muito sensual nadar solitariamente, naquele silêncio oco. Tem uma aura de mistério que torna a situação muito envolvente e prazerosa.

Nadei como nunca: mil, mil e quinhentos, dois mil metros. E pensei como nunca: três mil, cinco mil, dez mil vezes. Penso muito quando nado. Muita coisa verdadeira e muita mentira. Só que as mentiras do pensamento são fantasias e dizem que não fazem mal a ninguém. Assim seja!

Como o cansaço do exercício físico me faz bem! Saí da piscina revigorada, refeita, cheia de atitude. Havia chegado à conclusão que tinha que lhe esquecer. E como eu me empenhei nessa tarefa! Mas as minhas decisões vão se tornando frouxas com o tempo e ao alcançar o portão de casa observei que, no caminho de volta, de tanto tentar esquecer, lembrei-me mais dele do que de qualquer outra coisa desta vida. Coisas do coração. Coisas estas que derivam da alma. E minha alma inteira pertencia àquele "nós" do qual eu não desatava.

Estava além de mim não pensar nele. Era mais forte que eu, mais forte que saber que devia não pensar. Eu comia e lembrava, ria e lembrava e chorava lembrando. Lembrava de me esquecer todos os dias. Uma mensagem subliminar me agonizava noite, dia e madrugada. Eu queria arrancar minha cabeça fora, parecia que ia ficar louca.

Naquela semana tive uma febre alucinada. Suei, gemi, gritei, passei tão mal... Achei que iria morrer. E rezei para morrer. Estava tão dramática, sentia tanta pena de mim mesma, que me permitia pensar que sem ele ao meu lado, a vida seria tão somente esperar pela morte.

A febre me fazia alucinar. Cada vez mais forte, meu corpo cada vez mais quente, pelando. Ah! Finalmente Deus me ouvira! Iria morrer. Que bom! Tão lindo morrer de amor!

Nos finais de semana, as enfermeiras não vêm. São meus filhos e meu marido que ficam comigo. Já não fazemos mais comida em casa. Com as facilidades dos tempos atuais ficou mais fácil, na minha condição, comermos no restaurante a quilo. Vamos todos os dias no mesmo lugar, já nos conhecem, assim fica melhor. Hoje Giordano teve que sair, foi fazer uma visita ou sei lá o que. Desci de pijama.

Todos me olhavam, mas eu não via ninguém. Era como se tudo passasse diante de mim, mas eu não visse nada. Garfo, faca, guardanapo, pessoas, cachorro, arroz, milho, lentilha, tudo como se fosse uma imagem sem som. Ninguém foi solidário, ninguém tentou se aproximar de mim e me avisar da minha inapropriada vestimenta. Talvez meu olhar aéreo, ou o medo da loucura que metade do mundo e mais quase metade têm.

Também, não adiantaria: ao chegar em casa, Giordano me poria lenço no pescoço, me passaria perfume, arrumaria minha gola, consertaria os punhos e eu nem notaria. Havia emagrecido e a aliança estava frouxa na mão. Nosso casamento havia chegado ao fim da maneira como nenhum de nós dois um dia imaginou. E Giordano estava mais preso a mim do que fora em qualquer outro tempo de sua vida.

A dona do restaurante contou para meu marido que eu havia descido de pijamas. Ele compreendeu que não dava mais para eu ficar sozinha, nem um minuto. Deste dia em diante, tenho sempre alguém ao meu lado: de dia, de noite e nos finais de semana.

Pensava que ele me largaria porque precisava ao seu lado uma mulher forte, dinâmica, decidida. Dessas que sabem tomar as rédeas da sua própria vida. Ah, sim! Um dia ele iria me deixar e arrumar uma mulher que alcançasse seu passo. Não uma como eu, que vivia no seu encalço. No fundo, não me surpreendeu quando esse dia chegou. Eu já sabia. Surpresa foi quando soube que ele estava com uma mulher com muito menos atributos que eu. Compreendi – mas como? – que o tanto de conteúdo que eu tinha lhe era mal visto. Eu não podia abrir mão desse pouco: pouco de beleza, pouco de personalidade, pouco de mim mesma. Era um tanto que me fornecia a dignidade necessária para habitar este mundo.

Como ela era desprovida de tudo, ele a quis. Agora era homem de verdade, macho, provedor. Provia-lhe até do mínimo necessário para poder se circular com decência pela vida. Era nos olhos dela que ele via que alguém neste mundo precisava indiscutivelmente da sua existência. Sentia-se homem quando se via nos seus olhos. Precisava, então, deles para saber de si. Precisava, então, dela.

E assim, quando me perguntava por que ele havia me deixado, minha revolta era maior ainda pela triste resposta que encontrava:

– Por quase nada.

Dediquei-me a investigar a vida da fulana, seu nome, idade, profissão, onde morava, se tinha pai, se tinha mãe, quanto ganhava, se era bonita, se era feia. Era uma menina, de vinte e poucos anos, que se achava muito madura pelo fato de um homem mais velho – Giordano estava com 46 anos – estar tendo um caso com ela. E era de origem bastante humilde, trabalhava de aprendiz de enfermeira para ajudar em casa, por isso, achava lindo ter ao seu lado um homem que pagava suas contas.

Fiquei sabendo que Giordano havia alugado uma casa para a mãe dela em local mais central, pois ela morava muito distante, na periferia. Ali poderiam se encontrar e teriam um quarto exclusivo para eles. Sua mãe faria vista grossa, a casa era muito melhor que a que tinham anteriormente, mais ampla, mais cômodos, mais arejada, e era ele quem bancava. Afinal, ele já tinha até deixado mulher e filhos para ficar com sua filha, não poderia exigir muito além disto. Giordano ali se sentia o rei, era adulado, cortejado, quando chegava traziam-lhe café quentinho, passado na hora, faziam-lhe roscas, pão de queijo e coalhadas. E depois, ainda tinha o chamego da pequena, que não lhe podia faltar e era o momento mais esperado.

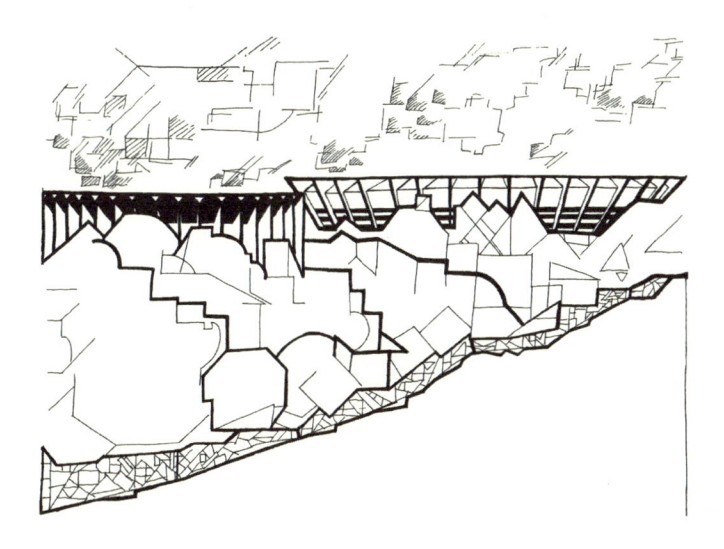

Hoje meu irmão veio passar o dia comigo. Eu estava alegre com sua presença e queria demonstrar que estava bem. Conversamos sobre futebol, o Cruzeiro, seu time do coração. E também, aproveitando-me de que ele gosta de cozinhar, indiquei-lhe algumas receitas novas que aprendi na televisão, perguntei por sua mulher, seus filhos, tudo na devida ordem e coerência. De repente, fui abatida por um estranhamento, quem era aquele homem no sofá que se dizia meu irmão?

– Você é mesmo meu irmão? – perguntei.

– Sou. Sou o Paulo, lembra?

Eu não me lembrava.

– Posso ver seu documento?

– Está aqui. Veja, somos irmãos.

Andei uns três ou quatro passos com o documento na mão. Fui, voltei, dei meia volta.

– Tem muitos documentos falsos por aí.

E após longa pausa, com olhar indagativo, insisti:

– Você faz DNA?

Ele riu e respondeu:

– Faço.

Andei ao redor da sala, dei outras tantas meias voltas inconformada.

– Eu não mereço descobrir uma coisa destas a esta altura da vida. Minha mãe, que era uma mulher honesta, virtuosa, tem um filho com outro homem. Um bastardo, um filho de origem espúria, uma vergonha para nossa família!

– Não, eu não sou bastardo – dizia Paulo. Sou filho de Gentil e Etelvina, lembra?

Saí praguejando, em altos brados, sem lhe escutar, fazendo-me de surda em meio às suas palavras e atendo-me somente ao meu próprio discurso, tal qual um político no palanque em dia de comício.

A visita estava ótima até então, até este momento, em que saí lamentando em voz alta:

– Eu não merecia saber disto, não merecia!

Meu reencontro com Agnus foi em um casamento para o qual fui convidada por um amigo em comum. Em verdade, foi quando nos conhecemos, pois até então o que houvera entre nós fora apenas uma menina apaixonada e um homem que nem sabia que ela existia. Mas, naquele dia, eu estava especialmente bela.

Lânguida, cheirosa, cabelos descendo pelas costas, preso nas laterais, levantando o rosto, criando um olhar expressivo. Eu trajava um vestido fino que havia mandado confeccionar especialmente para a ocasião. Nunca me dera o gosto, sempre pensava antes nos filhos, em Giordano, nas contas da casa, em ter uma reserva, em guardar para a velhice. Agora, em uma ocasião de importância menor, estava me dando um vestido de presente, verde bandeira, justo na medida certa, sem ser vulgar, elegante, de tecido diáfano e leve, de grife francesa, o olho da cara. Comprei sapatos, peguei uma bolsa emprestada com uma amiga, fui ao salão, parecia que a noiva era eu, não deixara escapar um detalhe. Estava disposta a tudo neste dia, com o ânimo dos incansáveis.

Assim que vi Agnus, lembrei-me dele. Com os cabelos agora grisalhos, que lhe deixavam ainda mais interessante, era o mesmo. Mesmos olhos, lábios, corpulento, seguro de si, sedutor, o fascínio de sempre, o mesmo magnetismo. Trajava um terno preto, requintado, que lhe fornia de ar sério, sem ser sisudo. A gravata era cinza escuro com finíssimas riscas transversais vermelhas. E ainda, o mesmo sorriso de dentes nacarados, enigmático, nunca dava uma risada frouxa; sorria contido e nunca se sabia se era espontâneo, se era irônico, ou se era somente puro charme.

Olhamo-nos e desviamos ambos o olhar. De soslaio, olhei de novo. E lá estava ele também, observando-me de esguelha. Que vergonha tive em saber que ele via que eu o observava. É, ainda estava lá, também, a mesma menina tímida. Porém, ela vinha acompanhada da mulher que por pouco não se deixara intimidar. Se ele via que eu o via, era porque também me olhava. Aliviei-me. Mas durou pouco. Em seguida, a timidez tomou-me por inteiro. Fixei-me em meu amigo, o que tinha me levado à festa, e não me permiti nem mais uma mínima olhada. Mas minha mente e meu desejo estavam lá, de viés, virados para o lado.

A festa estava linda, um casamento sem protocolos, o que o tornava ainda mais charmoso. O salão estava tomado por velas e flores brancas de todos os tipos: lírios, rosas, margaridas, copo de leite, flor de laranjeira. A música suave, quase fazia levitar, um som sensível, nostálgico e ao mesmo tempo alegre, em sintonia com a felicidade dos nubentes. A noiva, leve e cristalina, deslizou até os braços do futuro marido acompanhada pelo pai e, agora, percorria o salão com o sorriso dos felizes. Eu já tinha, um dia, sido muito íntima deste sorriso e o conhecia mui bem. Sabia o tamanho da felicidade de quem abre a boca até os cantos. Um dia fui capaz de sentir daquela mesma forma.

O amor contagia de tal forma que deixa alegre até quem o vê, assim do lado de fora, de simples espectador. E te faz crer, ter ilusão, apostar alto. Mesmo depois de tudo o que passei, toda a desilusão do fim de um casamento que se acreditava eterno, os vi e apostei que seriam felizes para sempre. Simples assim.

Hoje estou passando mal. Sinto uma espécie de náusea, com dor de cabeça, mas acima de tudo, uma insegurança sem remédio, um arrepio, um frêmito, um pavor incontrolável, não sei se da vida ou da morte. A enfermeira veio. Seu nome era Stela. Melhorei assim que a vi. Fiquei alegre e sorri.

Stela me ajudou a tomar banho, ligou a televisão, vimos um pouco de notícias, um monte de tragédias que já nem me comovem mais, permaneço apática perante fatos que outrora me faziam apavorar. Depois, fomos à Merci para umas pequenas compras. Como gosto de ir à Merci, este passeio que antes era trivial para mim, várias vezes uma obrigação, onde eu quase sempre entrava e saía com pressa, sem observar nada, sempre atrasada para outro afazer que ficara pendente, agora se tornara quase um observatório. Eu via tudo, encantava-me com cada detalhe, mães com filhos, grupo de amigas, coisas de casa, supermercado, olhar os enlatados, embutidos, frutas secas, roupas, feminina, masculina, roupas de cama, toalhas de banho. Tudo me agradava ver, as pessoas com ilusão em comprar um enfeite para a casa, em experimentar uma receita, as crianças tentando convencer os pais a lhes comprarem algo.

Passamos uma manhã bastante agradável fazendo nossas compras. Saindo de lá, passamos na feira de flores, que acontece a cada sexta-feira aqui no bairro. Mantive por toda a vida o hábito de deixar sempre flores nas jarras. Antes Dona Florência, que vendia flores de porta em porta, era quem me trazia os belos arranjos sempre elogiados por minhas visitas. Hoje, sou eu quem os faço, mas nada se compara ao capricho, ao costume e à vocação de Dona Florência.

Mulher humilde, Dona Florência era uma simplória mesmo, mas tinha um bom gosto incomparável quando se tratava de flores, havia nascido para florir a vida, sua e alheia, e espantar os maus presságios. Vinha toda semana e não tinha pressa. Sua intenção não era, de forma alguma, terminar logo sua tarefa e correr tantas casas quanto possível para ganhar mais dinheiro. Seu trabalho, ao contrário, era um estado de espírito, consistia em deixar o ambiente belo, harmonioso, florido, agradável, perfumado. Ela mesma, volta e meia, parava para admirar seus arranjos ao longe. Afastava-se do vaso, andando lentamente de costas, para apreciar à distância o esplendor de seu ofício de florista. Depois ficava ali parada, muito tempo, contemplando, até que voltava e mexia em um ou dois galhos, acrescentava mais uma flor, cheirava num fechar de olhos e voltava a se afastar para novamente conferir à distância.

Voltamos para casa e pedi que Stela pegasse o caderno. Agora era ela quem fazia as anotações para mim. Eu ditava e ela escrevia.

Stela gostava da estória, não sei porque, e insistia para que eu a publicasse. "Minha vida não dá livro, Stela" – dizia eu – "apenas pelejo para não perder a memória". No fundo, ficava orgulhosa e satisfeita por saber que minha vida pudesse ser interessante para alguém.

Onde havia parado? O romance com Agnus, Stela me ajudava a lembrar, estava curiosa. Pois bem. No dia do casamento dançamos juntos o *Bésame mucho*, *Perfídia*, *New York, New York* e outras canções que gente da minha geração gosta.

Atravessamos grandes mudanças nos costumes, minha geração. Fomos criadas para nos casarmos virgens e imaculadas. Depois, veio a turma que tinha relações sexuais antes do casamento, mas no maior sigilo, tudo escondidíssimo, sem que ninguém soubesse. Hoje, nossos filhos trazem os namorados para dormir em nossas casas. Hoje, faço coisas que nunca fiz na minha adolescência ou quando era jovem. Conta uma amiga minha, que foi criada em um sistema sufocantemente repressivo, que uma de suas maiores fantasias era a de ser violentada, tomada à força por um homem lindo. Ele viria de botas e colete de couro, em um robusto cavalo marrom escuro, crina bem penteada, pelo brilhante, a cercaria e a dominaria. Ninguém a julgaria, ninguém a condenaria por já haver estado com um homem, já que houvera sido contra sua vontade e sem a sua anuência.

Bom, voltando à festa, não fez falta que fôssemos apresentados. Percebendo-me tímida, Agnus veio até mim. Era confiante, tinha já por hábito se dar bem com as mulheres. Aproximar-se de mim e me cortejar seria um desafio o qual ele estava louco para encarar. Chegou perto e perguntou se já nos conhecíamos. Sua figura me era tão familiar, que meu acanhamento soou que estivera fazendo charme. Respondi que lhe conhecia, dos tempos da adolescência, mas não ele a mim. Agnus era hábil na arte de conquistar, recusou-se a dizer que não se lembrava de mim, claro que me conhecia, da rua de minha tia, claro, era primo de Santa. Fiquei tão à vontade em sua presença, que lhe contei de minha paixão recolhida e do quanto o cobiçara naqueles tempos, dos inúmeros encontros amorosos que sonhei, das noites de sono que perdi e de como desenhava no vapor do espelho, após cada banho, um coração com nossas iniciais. Ele se divertiu muito ao saber dessa estória. Sentiu-se vaidoso e ainda com mais desejo de sedução.

Eu estava disposta a tudo, beijar, dançar, viver intensamente um romance. Naquele dia, especialmente, tinha acordado decidida a mudar minha vida. De vez em quando tenho desses rompantes, duram uma semana. Às vezes, umas três horas. É que mudar de vida exige de mim muito mais forças do que realmente tenho.

Nesse dia, tinha saído, comprado tênis, roupas de ginástica, marquei cabeleireiro, manicure, esteticista, nutricionista, tudo. Era isso: faria exercícios, me alimentaria melhor, cuidaria da pele, correria atrás do prejuízo na minha vida amorosa. Tudo naquele dia. Era urgente! Mas Agnus não avançou um sinal sequer, foi um legítimo cavalheiro, o que me fez começar a entender porque todas as mulheres do mundo caíam aos seus pés.

Havíamos dançado muito, bebido muito, contado casos e rido a noite inteira. Trouxe-me em casa no final da festa e despediu-se com um beijo no rosto e a promessa de um telefonema. Sua tática era boa, melhor dizer infalível, pois eu passei o dia seguinte inteiro pensando nele, nutrindo uma dúvida deliciosa se ele gostara de mim ou não, se me achara bonita, atraente, interessante, se ele iria me procurar novamente.

Acordei animada e com a ansiedade dos adolescentes. Fui à nutricionista que havia marcado. Agnus não me ligou e nem me ligaria durante todo o dia. Acho que pressenti isto, pois na volta da nutricionista estava macambúzia e já tinha desanimado de quase todas minhas metas. O que me mata por dentro é minha falta de persistência, nunca perdoei isto em mim.

De qualquer forma, restava uma ponta de esperança que me fazia querer voltar para casa logo, quem sabe ele não ligaria? Corri até o ponto de ônibus, estava apressada. Droga, o ônibus passou. Que azar! Agora teria que esperar um bom tempo até vir o próximo, passou exatamente quando eu estava chegando no ponto. Ainda o vi indo embora. Que azar, que azar, eu me dizia. E eis que, em seguida, nem dois minutos depois, veio outro. Que sorte! Nossa, já com o espírito tão preparado para ter que esperar, sol, calor, impaciência e num minuto me surge outro ônibus. Que sorte, hoje as coisas iriam bem, tudo sinalizava para o bom agouro e levava a crer que todas as tarefas do dia se encaixariam uma à outra com exatidão, sem brechas para a falta de sorte e as coisas erradas. Estava feliz dentro do ônibus, imaginando minha fortuna, satisfeita com a sorte ao meu lado. Quando o ônibus para: havia estragado. Que azar! Que azar! A má sorte me perseguia mesmo, não deixava a sorte ter paz, eu era uma pessoa azarenta de nascença. Eu não era a pessoa para quem a sorte deveria acenar, esta cabe somente aos bem-sucedidos, às pessoas de bom humor, espontâneas. Eu já até vejo a cena, tudo acontecendo para elas no tempo, o acontecer liso e pleno dos afortunados. Essa vida não era para mim, tinha que me conformar.

Eu estava de mau-humor, porque a sorte se fora; mas viria novamente, seguida de outros episódios de azar, e de novo sorte, e de volta azar. *Fortuna labilis*! Mas eu daria sempre destaque ao azar, fazia questão de justificar todos os erros da minha vida com este substantivo, confortava-me pensar que todos eles eram culpa do meu destino azarado e, pronto, todas as agruras de minha jornada estavam justificadas.

Agora era esperar a sorte voltar, um táxi passaria bem rápido, ou outro ônibus. Enfim, restava somente torcer por ela, sabendo que o azar a buscaria em seguida. Porque no dia em que o ciclo se fechar, será o fim e este é o que mais nos resta driblar. Porque até no meu estado se pode ter sorte, sabia? Se chego para consulta e o médico me atende na mesma hora, de imediato, pronto: tive sorte! E comemoro o resto dia. Quando meus filhos ligam perguntando sobre a consulta, o aspecto que mais me vale destacar é dizer que assim que cheguei fui atendida; meu estado de saúde, ah, torna-se supérfluo perante um golpe de sorte no dia!

Foi chegando a noite, eu olhava o relógio e o telefone alternadamente, minuto a minuto. Mais uma vez estava eu deixando um homem se tornar o protagonista de minha vida. Por mais que tento, nunca mudo. Nem o peso das pedras que carrego me servem para aprender, pelo menos, a deixarem-nas rolar. Por isto, atravesso a vida assim, aos trancos e barrancos.

Os tropeços da vida, sei-os bem, os caminhos incertos, as vias tortas. A estrada lisa, reta, outros passam por ela. Eu mesma nunca aprendo. Procuro obstinadamente essa trilha, mas só faço contornos.

Às vezes me pergunto: mas como seria viver sem a dúvida, a aflição, a angústia de não sei o quê, que me castiga impiedosamente? A aflição é um alerta; aflita estou em vigília. Se ela se fosse, correria sério risco de vida.

Quem veio me ver hoje foi Santa. Que saudades tinha dela. Percebi que Stela achou ruim, estava querendo prosseguir com o texto. Boba essa Stela, viu? Estou começando a cogitar que possam existir vidas mais insossas e menos gratificantes que a minha. Agora ela não me dá mais sossego com isto, estou quase arrependida de tê-la envolvido neste projeto.

Santa estava tão bonita, olhar harmonioso, semblante tranquilo, como eu estava feliz em revê-la! Já não era a menina de antes, mas envelhecera com muita dignidade e se mantinha ainda nova, jovial, sem rugas. Pode-se dizer que estava melhor do que na juventude, quando não fora bela, definitivamente. Mas sua pele branca e o cabelo castanho escuro, esse contraste fora por toda vida seu diferencial.

Expliquei-lhe que estava sumida porque estava naquela clínica fazendo um tratamento de saúde, que estava melhorando muito, o tratamento estava sendo muito bom, logo eu voltaria para casa e lhe convidaria para tomarmos um café juntas.

Minha prima amada se deu conta de quão grave era meu estado. Seus olhos se encheram d'água, pegou em minha mão, arrumou meus cabelos, me abraçou, me beijou. Perguntei-lhe se ainda seus pais estavam brigados consigo. Ela, pacientemente, me fez recordar que já há muitos anos haviam reatado e voltou no tempo, contando-me cada detalhe. Tudo havia começado comigo e uma novena para São José.

Santa havia se embrenhado no candomblé com o mesmo excesso e dedicação com que seus pais lhe exigiam de sua prática do catolicismo. Vestia-se como as mães-de-santo, branco alvo dos pés à cabeça, saia rodada, turbante, colares compridos, muitos e coloridos. Tocava atabaque e, para horror de sua família, recusara-se a realizar um batizado católico de seu segundo filho. Santa sempre fora assim: entregava-se com muita paixão a tudo a que se propunha.

Apesar de saber que não mais era católica, ou melhor, desistira de ser mais uma entre os milhares de católicos não praticantes deste mundo, procurei Santa nesta época, para um pedido especial: eu precisava de uma graça muito grande de São José, minha mãe estava muito doente e eu não saberia viver sem ela. São José era poderoso, nunca tardava em nos socorrer. Meu pai tinha imensa fé nele, não deixava de venerá-lo: São José fora um homem bom e compassivo; temente a Deus, aceitou dar sua vida para criar e educar o filho do Criador.

Precisava encontrar nove pessoas em quem pudesse confiar, nove pessoas que fariam a novena e não a romperiam. Oito pessoas papai havia conseguido entre amigos e parentes, faltava uma. Só em Santa eu poderia confiar desta maneira. Santa recusou-se a atender meu pedido, não era mais católica, não fazia sentido.

A novena era linda, me emocionei por toda a vida me lembrando da fé de papai entoando com sua voz grave e afinada "Glorioso São José", mais que pedindo, implorando a cura de mamãe. Como ele a amava, com que força se apegava àquela crença, com que esperança pedia!

Por fim, disse a Santa que a novena poderia incluir seus pedidos também, que até a Mãe Menininha do Gantois certa vez, em uma entrevista, se declarara católica, que São José era milagroso, que ela poderia pedir uma graça impossível de ser alcançada que ele não deixaria de atendê-la. Santa achou graça em meus argumentos, mas viu o quanto eu estava desesperada e confiando neste último recurso. Concluiu que não poderia me responder com uma negativa, ainda que o que lhe pedia fosse contra seus princípios.

Prometeu-me fazer a novena e brincou: "Vou pedir a coisa mais impossível desta vida, quero ver se São José é milagroso mesmo!". Mas na hora de fazer o pedido, ela não procedeu com leviandade. Pediu aquilo que mais desejava, do fundo do seu coração.

Santa considerava toda espécie de crença e se entregou muito respeitosamente à novena e suas orações. Convidou os amigos, os vizinhos, até gente do terreiro e promoveu uma bonita festa de nove dias, pois cantavam o "Glorioso São José" do jeito que eu havia lhe ensinado, mas ao som dos atabaques e viola. Mas, além disto, havia algo mais, havia uma fé que estava reprimida nos porões de sua alma, uma fé que muito rejeitara, porque outrora lhe fora imposta, mas que agora vinha espontaneamente e Santa não brigava contra ela.

Minha prima pedira aquilo que mais lhe importava em toda sua vida: o perdão de seus pais. Apesar de suas diferenças, de seus pais nunca entenderem o seu jeito de conduzir a vida, amava-os e queria um dia poder tê-los a seu lado novamente. Não apenas seus pais, mas toda nossa família condenara Santa: "ela não podia ter feito isto com seus pais", "o Domingos e a Filhinha não mereciam isto", "que horror", era o que se ouvia cá e lá.

Terminada a novena, Santa me ligou falando que havia cumprido a promessa que me fizera e honrado seu compromisso. Acrescentou que fora um prazer fazê-lo, que tinha se sentido tão bem, tão próxima de Deus, com a alma leve. Que não sabia porque se sentia assim, mas que havia rezado com fervor e que estava feliz. E que tomara mesmo que isto pudesse promover as melhoras de mamãe.

No dia seguinte, Santa estava novamente comigo ao telefone. Ligava-me, desta vez, com voz trêmula e emocionada. O milagre acontecera. Sua graça lhe havia sido gentilmente concedida. Seu pai havia lhe procurado, pedindo-lhe perdão, perdão por tê-la julgado, perdão por tê-la desamparado, por não ter sido bom pai, por não tê-la aceitado como era.

Ele e tia Filhinha haviam passado por uma provação e tantas coisas a que davam importância antes tinham se revestido de uma bruta pequenez. Como tinham acreditado em coisas tão tolas, agora a vida lhes parecia muito maior do que tudo com que se haviam importado até então.

O primeiro golpe começara com Carola. Carola que Santa dizia namorar o padre. Na verdade, não era somente Santa que tecia tais comentários. Na verdade, também, Santa falava por picardia, mas nunca imaginava que Carola pudesse fazer algo parecido. Mas, no bairro em que moravam, muito se falava da veneração extrema de Carola e do interesse tão contundente de uma moça tão jovem em se dedicar de modo integral e somente à religião. Uma menina naquela idade, que só vivia encafuada na igreja, era algo ademais de raro, muito estranho.

Carola não dava ouvidos, nem ligava para o que a vizinhança falasse. Muitos lhe admiravam a devoção e aquilo eram comentários das más línguas, da gente que não tinha nada o que fazer do bairro Santa Tereza. Ô gente que não tinha o que fazer, viu?

Pois bem, no último ano, numa das muitas quaresmas da vida de Carola, em que ela havia jejuado a quarentena inteira, aconteceu algo inusitado e distinto dos anos anteriores. Chegado o Domingo de Páscoa, Carola disparou a comer. Afinal, ela merecia. Tinha resistido todos os dias, em nome de Deus. Mas não era seu costume, tinha por hábito ser comedida em tudo, ao comer inclusive. A gula era o excesso dos desregrados.

E não parava mais. Comia com a sofreguidão dos pecadores. E com isso, ela, que sempre fora tão magrinha, começou a engordar a olhos vistos. Sua barriga chegava a estufar. E não murchou mais. Pelo contrário, aumentava dia a dia, a olhos vistos. "Igualzinho barriga de grávida, não é mesmo?" – comentavam na vizinhança.

Tia Filhinha fora chorar as mágoas com Dona Adelina, nela confiava, era mulher honesta, conceituada no bairro e não era de conversa fiada. A vizinha foi certeira com Tia Filhinha. Disse-lhe, com a sinceridade que lhe era habitual, que andavam mesmo dizendo da barriga de Carola, que estava igual de grávida. E que, já que a amiga pedia seu conselho e lhe permitia opinar, que Tia

Filhinha fosse tirar esta estória a limpo, pois ela acreditava que Carola estivesse mesmo grávida, podia mesmo afirmar, que não tinha dúvida deveras.

Tia Filhinha perdeu o chão, ficou louca, desnorteada. Uma filha casada com pai-de-santo, mãe de filho sem batizar, Benta não ia mais à missa nem para lhe agradar e andava falando em se mudar para o Rio de Janeiro, tentar carreira artística, e agora, mais essa. A filha que era seu orgulho, que exibia como um troféu, para a qual botava a mão no fogo, essa filha agora, lhe mostrava que seu telhado era de vidro.

Quantas vezes enchera a boca para falar das virtudes de Carola, quantas vezes fez pouco caso das filhas dos outros que lhes traziam problemas, se ela tinha em casa a filha modelo, quantas vezes julgara as pessoas que não tinham comportamento exemplar, e pior, quantas e quantas vezes desprezara as próprias filhas por acreditar que existia uma verdade, por crer que existia um único modo correto de se levar a vida e este era o que a Igreja ditava.

Meu Deus, o que a vida lhe reservaria ainda? O que Deus queria lhe provar? Como iria encarar seu marido e lhe dizer que falhou? Logo Carola, tão santa, tão livre de pecados, tão inocente! Não podia ser verdade, se fosse Benta... Mas, Carola? Carola era um anjo!

Tia Filhinha chegou em casa e observou o ventre da filha, estava ressaltado, saliente, como não houvera desconfiado? Observava a filha e ela comia tranquila, tão despreocupada que se culpou, mais uma vez, por ter sido tão cega. Como não percebera até então, como Carola era dissimulada! Meu Deus! Perguntava-se até onde ela iria com seu silêncio, até onde, se um dia a criança haveria de nascer.

Passou a noite em claro, pensando em como iria contar ao marido. Ele haveria de acusá-la, não soubera criar as filhas, todas tinham se perdido, nenhuma absorvera os valores da família. Estava apertada e, pior de tudo, tão, mas tão envergonhada!

Pela manhã havia se decidido: conversaria com Carola antes de tudo, averiguaria a situação, quem sabe não era tudo um engano, quem sabe não era apenas crueldade das pessoas que tinham inveja da filha que ela tinha? De repente, veio-lhe uma torrente de esperança, voltara a ficar animada. Passada a noite, chegado o dia, os fantasmas se dissipam. Que noite terrível tivera, meu Deus, que pavor! Estava aliviada, foi preparar satisfeita o café da manhã da família. Por que houvera escutado Dona Adelina? Que ingênua era ela!

Ficou pensando em como era feliz, tinha sua casa, sua família, vá lá que com seus problemas, é claro, mas qual família não tinha problemas? Era conhecida e respeitada no bairro, prepararia agora um café gostoso, quentinho, que nunca lhes faltara na mesa. Hoje, então, haveria de caprichar, pois tudo corria tão bem, depois de sofrer com pensamentos bestas a noite toda, merecia: café, leite, pão, torradas, manteiga, geleia, mel, adorava mel no pão, havia muito não comia para não engordar, hoje o faria. Sim: pão com manteiga e mel com café quente!

Cantarolava enquanto fazia os preparativos, foi chamar o marido e as filhas para que se sentassem juntos à mesa, havia tanto tempo não o faziam. Vieram tio Domingos e Benta, Carola tomava banho. Estavam fazendo o desjejum quando Carola adentrou a cozinha para acompanhá-los. Tia Filhinha gelou quando a viu sentar-se à mesa, todas as suas esperanças matinais, que tinham vindo como um alento com a brisa da manhã, foram por terra. Carola devia estar já no nono mês. Como não vira, meu Deus, como não percebera?

E Benta? Benta poderia tê-la avisado, certamente tinha notado! Foi então que compreendeu o quanto houvera afastado suas outras duas filhas de si, como a palavra delas era pendente de crédito, como as obrigara a calar, ou sumir como fizera Santa. Quantos erros, quantos equívocos, queixava-se tanto que Benta era calada, boca fechada, falar para quê? Agora a entendia, só agora.

Carola se preparava para ir à missa, somente hoje observava que a filha não mais assistia à missa em jejum. Pediria que ficasse se tio Domingos não estivesse por perto, uma hora mais de sofrimento seria como outra noite inteira. Mas se exigisse que a filha ficasse para que conversassem, Domingos haveria de desconfiar. Era melhor esperar.

Às sete e quinze, Carola retornou à casa. Chegou entusiasmada, contando quem estava e quem não estava na missa, de certo modo recriminando a falta da mãe, que o padre comentara, que fulano e sicrano deram falta dela, que não sei quem havia marcado casamento e outro alguém engordara – estava tão inchada, precisava ver –, que o sermão fora lindo, sobre a família, a família na contemporaneidade, seus valores e seus costumes. Que todos dizem que a família é uma instituição falida, mas que estavam todos estes afastados de Deus, que a família é um projeto divino, nasceu no coração e na mente de Deus, Ele precisa apenas que você entregue todos os seus problemas em Suas mãos e sua casa será como a casa do justo: abençoada, farta, cheia de vida e abundante.

Tia Filhinha não se conteve e caiu no choro. Por que logo hoje o sermão havia sido sobre este tema? O que Deus estaria lhe provando? Benta buscou uma água com açúcar, estavam assustadas, Carola e a irmã, nunca tinham visto a mãe perder o controle de tal forma.

Sem rodeios, Tia Filhinha soltou a pergunta:

– Quem é o pai desta criança Carola?

A menina não se apertou, foi fria e direta ao responder:

– Nem Deus na Terra me faz contar. E mais: se lhe pressionassem, marcharia de casa, nunca mais voltariam a ouvir falar de seu paradeiro nesta vida.

Minha tia estava tão impressionada por desconhecer tanto a filha que até então lhe era predileta: Carola não rodeou, não gaguejou, nem tentou se explicar. Fora indiferente ao sofrimento que estaria causando à família, de uma frieza que beirava o cinismo.

Que perfeição fora o erro de Carola! Derrubava tudo em que tia Filhinha houvera acreditado de um só golpe. Nem se tivesse planejado teria se saído tão bem. Sentia-se a pior mãe do mundo, a mais imperfeita. Seu marido a desprezaria pelo resto de sua vida e ela não poderia culpá-lo.

Assim que tio Domingos pôs os pés em casa, foi lhe falar. Não tinha nada a fazer a não ser enfrentar o que lhe estava reservado, as circunstâncias que o destino nos apresenta são inelutáveis. Acreditava em destino, desde que nascemos já está tudo traçado. No dia de seu juízo, ela haveria de lidar com as inexatidões de sua vida. Tentara tanto um lugar no paraíso, mas o purgatório haveria de ser uma chance de purificação de sua alma e de posterior conquista da elevação do espírito.

Como esperado, Tio Domingos sentiu-se traído pela própria família, desonrado, expulsaria aquela sem-vergonha de casa, uma libertina, um lobo em pele de cordeiro. E, como esperado mais uma vez, a culpa era de tia Filhinha, que não soubera por rédeas curtas nas filhas, que deixara tudo correr à solta, não tivera pulso, era frouxa, negligente e tantos outros adjetivos indesejáveis.

Que a internassem então. Isso! Estava dada a solução. Às moças que ficavam grávidas fora do casamento, restavam-lhes os sanatórios ou os conventos. Não lhe perdoaria jamais e mostraria a toda a sociedade que repugnava veementemente sua falta.

Chorando copiosamente, tia Filhinha suplicou-lhe que não fizesse isto com Carola, por maior que fosse seu erro, por mais que ela lhes envergonhasse. Que Deus era bom e misericordioso, que Deus a todos perdoava e esperava de nós que também fossemos capazes de perdoar, que eram uma família católica, tementes a Deus e deveriam praticar o perdão. Mas, tio Domingos estava inflexível, não havia como dissuadi-lo.

Tia Filhinha era só soluços e lamentações, lenços e lenços encharcados de lágrimas. Além da vergonha, da humilhação, perderia sua filha. Amava-a. Por pior que fosse sua falta, esta punição era maior ainda para ela, que era mãe, que a havia carregado no ventre por nove meses. Desejara-a como filha e agora, perdê-la. Não, não poderia haver no mundo castigo maior.

Passou a noite em claro novamente, matutando, quebrando a cabeça, pensando quem poderia ser o pai da criança. Por que Carola não contava? Por que todo este mistério? Tinha de convencê-la a contar, só ele poderia salvá-la; com o casamento devolveria sua honra e a de sua família de volta. O casamento era a solução. A filha tinha que entender.

Como Carola fora engravidar se só vivia na igreja? Só vivia na igreja... Só vivia na igreja... Era isso! Matou a charada! O padre! Não queria nem pensar. Por isto o segredo, por isto a recusa em revelar.

Confidenciou seus pensamentos a tio Domingos, que se viu obrigado a concordar. Que revolta, o padre, logo ele que era tão íntimo da família, que vinha quase todos os dias para o café da tarde, em quem confiavam de olhos fechados! No dia seguinte bem cedo, iriam à casa paroquial e poriam tudo em pratos limpos. Ele seria obrigado a largar a batina e a se casar com Carola.

Esperaram o final da missa das seis para abordarem o Padre e lhe exigirem satisfações. Afinal de contas, era o principal, melhor dizendo, o único suspeito. Nada amistoso diante da abordagem, que foi recebida com total surpresa e indignação, o Padre começou histericamente a gritar mediante a acusação:

– Blasfemais, blasfemais, hereges! Como ousais? Acusar-me? A mim, um homem de Deus?

Era o fim de uma amizade de anos e da permanência de Padre Mauro na paróquia. Jurou por todos os santos que jamais havia encostado um dedo sequer na menina e pediu sua transferência, que foi concedida na mesma semana. Tio Domingos e tia Filhinha não sabiam mais o que fazer. A única certeza era que Carola iria para o convento, onde daria à luz o filho ilegítimo.

– Santa, fecha a cortina um pouco, por favor. A claridade me atrapalhava. Naquele dia eu estava bem, estava me lembrando de toda a narrativa de minha prima. Ela falava sem parar, como se estivesse ela mesma fazendo um resgate do passado, por que a interrompi? Acabei me sentindo culpada, ela estava tão indo tão bem, revendo sua estória, escutando-se, expiando-se.

– Vamos, prossiga! – disse-lhe, como que me desculpando por tê-la interrompido.

Ela o fez. Retomou do ponto em que havia parado, quando, no dia seguinte, logo pela manhã, tio Domingos acordou e foi ao laboratório buscar uns exames que tinha feito, coisas de rotina. Tinha consulta marcada para aquele dia, faria tudo para não ir, tudo que não queria era ter que se consultar, logo naquele dia, com a cabeça a mil como estava. Que dia para consulta, que dia! Tentou desmarcar, mas a secretária falou que não devia, pois os exames prescrevem, seria pior, teria que fazê-los todos de novo, que a consulta eram só quinze minutos, apenas retorno, era rápido. Se quisesse marcar nova consulta teria só para dali a dois meses ou ficasse aguardando uma desistência. Faltaram-lhe argumentos e, a contragosto, foi.

Dr. Filipo era um homem gentil, brincalhão, enfim, a consulta não seria tão desagradável assim. Chegando lá, ele foi pegando os exames na mão e brincou:

– É até chato cuidar de você, Domingos. Nunca tem nada, saúde de ferro!

Tio Domingos estava tão chateado que nem a simpatia do médico lhe animou. Continuou taciturno e calado. Dr. Filipo, por sua vez, observou a alteração no estado de espírito do paciente – que era sempre alegre e garboso –, mas prosseguiu no mesmo tom. Conversava e olhava os exames a um só tempo. À medida que o fazia, seu tom de voz foi se alterando, a voz se tornando grave, as palavras espaçadas e seu semblante tornou-se preocupado.

– As notícias não são boas...

Tio Domingos nem ligou. Tudo o que poderia lhe acontecer de pior, já havia acontecido. Era só mais uma chateação, só isso. Devia ter chutado macumba, só pode, e agora vinha tudo junto. Vamos lá, diga.

– É uma doença incurável, já está bastante avançada. Não há nada a ser feito. Eu lamento, sinto muito.

Não passou pela cabeça de Tio Domingos que uma tragédia ainda maior pudesse se abater sobre sua família. Nem seus piores pensamentos poderiam fazê-lo cogitar tal possibilidade. O fim da vida estava próximo. A morte lhe rondava. Junto dela, o fim dos infortúnios e das alegrias, tudo a um só tempo. Ele não podia denominar o fato como contrariedade. Era uma paralisia que tal notícia lhe causava. Seu mundo veio abaixo. Uma adversidade nunca vem sozinha, tem sempre outra a acompanhando. "Por que eu? Por que eu?" – se perguntava.

Deixou o consultório transtornado. Ele agora se criticava, preocupando-se com a vizinhança, com o que as pessoas vão falar, se a vida é tão curta, finita, se um dia tudo acaba! Quem são os outros para lhes julgar? O que fizera de sua vida, meu Deus? Rompera com sua filha mais velha porque ela fizera suas opções, porque ela tinha seu modo de pensar a vida, de querer viver e, agora, queria expulsar a do meio de casa. Não, não, estava tudo errado, Deus estava lhe mostrando isto, mas cobrava um preço alto, seu tempo de vida, este era o preço, seu tempo, que estava irremediavelmente curto.

Foi direto para casa. Tia Filhinha estranhou que não tivesse ido trabalhar, "Que foi, Domingos?", mas nem de longe lembrou-se da consulta ou dos exames. Estava concentrada no caso de Carola. Abraçando-a, tio Domingos chorou como criança. Tia Filhinha só pensava em Carola, como ela o havia machucado, nunca o tinha visto chorar assim.

Foi quando tio Domingos lembrou-lhe do retorno ao médico e lhe falou de seu diagnóstico. Ela não conseguia nem mais chorar, suas lágrimas haviam secado. Ficou estática, paralisada. Como viveria sem Domingos, como? Não sabia viver sem ele, casara-se aos treze anos, havia convivido com ele mais do que com seus próprios pais, sua família de origem, sua vida era ao seu lado!

Deus, Deus, Deus, esquecestes de mim? Tinha-Lhe ódio agora: "Ó Pai, por que me abandonastes?". Choraram abraçados, cada um apertando o máximo que conseguia o corpo contra o do outro, como se fossem se perder ali, naquela hora, naquele momento. Abraçavam-se aos prantos e com desespero.

Foi então que aconteceu o milagre do glorioso, glorioso São José. Tio Domingos pegou a chave do carro e convidou a mulher para darem uma volta. Seguiu para o terreiro que Santa frequentava. Ao ver a filha, abraçou-lhe com todo o amor que reprimira em todos aqueles anos. Ajoelhou-se aos seus pés – não em um ato intencional, mas como se houvesse desmoronado suas forças – agarrou-lhe pelas pernas e lhe pediu humildemente seu perdão. Por tal surpresa Santa fora tomada, pois nunca imaginara que um dia o pai pudesse abandonar seu orgulho e se desgarrar de valores que nortearam toda a sua vida e orientaram sua conduta. Abraçou emocionadamente o pai e choraram juntos. Havia um tempo perdido, mas ainda havia algum tempo e era este que agora lhes importava.

Santa lembrava-se agora desta passagem com os olhos cheios de lágrimas, nunca deixaria de se emocionar. Como o perdão era bonito, como o ato de perdoar era sublime, estava acima de tudo, era coisa de Deus.

Fomos tomar um café, Stela havia acabado de preparar, estava fresco, do jeito que ela gostava. Stela era caprichosa, cuidava de todos os detalhes para minhas visitas. Havia arrumado a mesa com louça de chá inglesa, guardanapos de linho, porta-guardanapos com motivos florais, jarra e copos de bico de jaca, enfim, tudo que não é prático e que não se usa mais hoje em dia. Enfim, se lhe dava ilusão fazer assim, que fizesse.

Stela era um pouco entrona, falava demais, queria saber como Santa fazia arroz, "ah, não!", ela tinha uma receita muito mais prática, super rápida, lhe ensinaria. Mas era alegre, atenciosa, era eu quem precisava ter um pouco mais de paciência. Além disto, fazia um bolo de limão delicioso, receita de sua avó.

Enquanto ela preparava, eu observava ao seu lado. Gostava de ver como ovos, farinha e açúcar iam se tornando um único elemento; como a gema do ovo, a princípio amarelo ouro, ia aos poucos amortecendo seu brilho e a massa, ao mesmo tempo em que se ia formando, tornava-se macilenta, pálida, mas ganhando corpo. Depois o pão-duro, que na verdade é uma espátula, mas o regionalismo e sua especial virtude de reduzir as perdas da receita na passagem de um recipiente para outro, me obrigam a optar pela primeira denominação. Delicio-me em ver o pão-duro deslizando pela vasilha, buscando não deixar qualquer resíduo, no alcance do mínimo desperdício, mas nunca sua tarefa é satisfatoriamente realizada; sempre resta algo, o excesso nunca é todo contido, algo escapa – seja pelas laterais, seja pela pouca firmeza da mão que o conduz – que faz o pão-duro frustrar em seu ofício. Eu torço por ele, juro por Deus, torço para que alcance a perfeição, mas esta nem os pães-duros logram. Deixo, então, a pretensão de perfeição de lado e prendo-me no esmero dos detalhes dos desenhos que se formam a cada remexida na massa. Os riscos na vasilha, em curva, retos, mais grossos, mais finos, me fazem imaginar, possuem o sortilégio de nuvens que se movimentam no céu e nos proporcionam, a cada instante, um novo devaneio. E o que no fundo realmente mais me impressiona é como toda aquela obra de arte instantânea, efêmera e mutável vai sendo confeccionada por Stela sem nenhuma reflexão nem cálculo.

 Comemos até nos fartar. Peguei três garfos para me servir. Santa se assustou, não estava acostumada com meus deslizes. Tentaram me convencer de que não precisava de tantos garfos, mas um apenas. Em vão. Teimei e comi com meus garfos e minhas gafes.

 Stela, abelhuda, queria saber: afinal de contas, quem era o pai do filho de Carola?

 Fui eu quem lhe contei: passados alguns meses, nasceu um lindo menino. Muito branquinho, de cabelos escuros, olhos cor de mel e nome sagrado. Chamar-se-ia Jesus.

 Muitas foram as visitas. Toda a vizinhança viera conhecer o filho de Carola. Àquela altura, tio Domingos já a tinha perdoado e recebera com alegria a chegada do novo membro da família, seu neto, o filho de sua filha.

 "Que gracinha", "é mesmo um amor", "que olhos doces", e toda a sorte de elogios que se recebe quando as pessoas querem ser agradáveis. Até que numa tarde dessas, uma dessas visitas fez uma observação instigante que culminou em ser, também, reveladora: "Mas é a cara do sacristão!".

A boataria tomou conta do bairro e atravessou a cidade. O sacristão foi embora fugido. Ela, Carola, porém não se arrependia. Nunca gostara do Padre. Era fradeira sim, adorava uma batina, um religioso, eram seus homens de saia. Considerava que isso lhes concedia o dom de melhor entender a alma feminina – e como aprendera sobre tornar-se mulher na convivência com eles. Mas amar, amar mesmo, só o sacristão: aquela humildade, aquela subserviência, a obediência cega e a resignação com que servia ao Padre, à Igreja, a Deus.

Parece que foi uma época de mudança de tempos, essa em que aconteceu o episódio de Carola. Aconteceu cada coisa no Santa Tereza naquele período, e com todo mundo ao mesmo tempo, que todo o bairro começou a ficar mais mais introspectivo. Com a desculpa da violência, de que a rua estava perigosa, os moradores começaram a trazer seus banquinhos e sua intimidade para dentro de casa.

Até Dona Adelina, quem diria. Era a melhor amiga de tia Filhinha. Até ela! E por esta ninguém esperava.

Era discreta, dessas que não dão palavra. Dela não se ouvia um mínimo suspiro. Não gostava mesmo de espichar conversa. Era séria, "levava sua vida dentro de casa" e se gabava disto.

Mas o que ninguém sabia, era que o segredo que guardava havia mais de vinte anos lhe fornecera o treino do silêncio. Tornou-se incomunicável e pegou fama de esnobe. A vizinhança toda comentava que ela não se misturava. Mas não era verdade. Não era verdade em absoluto. Era bastante acessível, se lhe procurassem. E com o vizinho da rua de trás, ela já vinha se misturando por todos estes anos, ainda que até hoje não se conformasse desse seu desejo, de ele haver lhe tirado sua honra de mulher honesta, casada, de família. Ainda que ninguém, mas ninguém mesmo neste mundo o soubesse, ela precisava desta convicção interna. Havia se casado para isto: dedicar-se ao marido e aos filhos, integralmente. Até que tudo aconteceu.

Seu Gregório havia se mudado para o bairro havia pouco. Assim que viu Dona Adelina, já se viu atracado a ela, beijando-a, abraçando-a, deslizando suas mãos sob sua pele lisa. Ela, com o colo suado, a respiração ofegante. Acreditou naquilo como uma premonição e perseguiu o cumprimento disto, que elegeu como uma sina, fervorosamente. Adelina tinha que ser sua. Tinha que ser.

Ela percebia seus galanteios e por mais que se esforçasse em não gostar, gostava. Não conseguia entender porque não conseguia resistir, se até mesmo quando era somente namorada ainda de seu marido não se permitia nem mesmo olhar para algum outro rapaz. Nem mesmo olhar!

E Seu Gregório, que a princípio lhe fazia gentilezas discretas, ajudando-lhe a carregar as compras, oferecendo um bolo e estas cordialidades próprias do código da boa vizinhança, passara a se mostrar mais incisivo. Queria-lhe e não se furtou a lhe dizer.

Atrevido! Como ousava! Se não se dava ao respeito, ao menos respeitá-la. Era o mínimo.

Sua atitude só fez Dona Adelina tornar-se ainda mais devotada à família. Fazia ao marido todos os gostos. E os desgostos. Desenvolveu uma obsessão por tirar-lhe os sapatos, que mais parecia desejar estar casada com uma centopéia. E por limpar as unhas dos filhos: passava o palito com algodão enrolado na ponta por onze vezes debaixo de cada uma delas. Onze vezes. De onde havia tirado este número, nem ela mesma sabia, mas tinha que ser. Onze. Esse exagero, esse excesso de zelo e submissão amenizava-lhe a culpa. E areava, organizava, engomava, desinfetava... Havia se tornado um verdadeiro furacão doméstico.

Ainda assim, Seu Gregório não se dava por vencido. Sabia que seria sua. Nem este excesso de subserviência dela lhe havia tirado esta certeza: tinha visto a cena e apostado nela, desde o primeiro dia. Fosse uma fortuna, fatalidade, um direcionamento do espírito – podiam nomear esta aspereza do destino como quisessem. Não tinham como escapar. Estava escrito.

O telefone tocou, "que raiva", dizia Stela. Ela se divertia com os casos de Santa, os olhos vívidos, postura interessada. Era Giordano, estava no supermercado, perguntava se precisávamos de alguma coisa.

– "Tá acabando a manteiga e faltando açúcar, Seu Giordano" – respondeu Stela prontamente para poder desligar em seguida e o mais rápido possível.

Ao vê-la ao telefone, lembrei-me de por quantos anos essa tarefa fora minha. E de como, às vezes, eu a detestava. Tem horas que quase me esqueço que já tive rotina e que ela me aborrecia. Pôr roupa para lavar, tirar, estender, varal, verificar se em nenhuma restou alguma mancha, fazer mamadeira, trocar as toalhas, roupa de cama, verificar o portão, atender o carteiro, levar os filhos na escola, ajudar no "para casa", brigar para eles obedecerem, pagar a conta da farmácia, já estou quase esquecendo de tudo isto. Como eu me sentia tomada, subtraída no meu tempo, como eu queria ter um tempo para mim, que fosse só meu. Eu tinha direito, tinha que ter o direito, queria tê-lo, almejava-o, mas não conseguia. E este estado de coisas me gerava tal insatisfação que consumia meu ânimo e meu humor.

Sinto falta de ter obrigações hoje, de ter que fazer. Hoje queria ter que cuidar, ter que lavar, que atender e, portanto, tornei-me totalmente dispensável. Não faço falta em mais nada e isto me magoa, e como. Hoje meu tempo é todo meu, deveria me sentir aliviada, a falta de compromisso deveria tornar-me leve, tinha por obrigação fazê-lo, mas não sou mais que um peso, um peso vivo, um peso ainda vivo.

Stela voltou correndo para a copa. "E, então?" – indicando que Santa continuasse.

Então, Dona Adelina seguiu resistindo e Seu Gregório insistindo. Esta insistência fez com que ela fosse desenvolvendo uma repugnância profunda em relação ao vizinho. Insolente! Tomava-lhe ódio por ele conseguir lhe retirar todas as certezas que tinha na vida, ódio por fazê-la duvidar. E isto vinha tomando proporções cada vez mais descabidas, na medida em que crescia o desejo que sentia por aquele monstro fabricante de incertezas.

Passou a ignorá-lo, não lhe cumprimentava, não frequentava absolutamente os lugares onde ele estivesse. Não adiantou: ele passou a ir à missa. Todos os dias. Que audácia! Que homem sem limites!

Ignorar já não era mais possível. Isso começava a chamar a atenção do marido – que não reconhecia aquelas atitudes na mulher, sempre tão gentil, tão solícita. E logo com o Seu Gregório, um homem tão admirado, tão querido no bairro. Ô vontade de lhe contar, viu? Mas algo a freava.

Não lhe restava alternativa, tinha que ter uma conversa com este senhor e lhe colocar em seu devido lugar. Isso sim! Esse Seu Gregório ia saber quem ela era. Decerto, um homem solteiro, acostumado às rameiras, não devia mesmo conhecer uma mulher de família. Mas, confundi-la com uma dessas não, isso era inadmissível. Era bom que se preparasse, iria ouvir poucas e boas.

Foi no término da missa de terça-feira. Ela sempre ajudava na organização ao final da missa – arrumar o altar, limpar os castiçais, recolher os paninhos e levá-los para lavar em casa. Chamou-lhe para o particular ali mesmo, na casa de Deus, pois não havia motivos para se intimidar e ninguém melhor que Deus para ter por testemunha. Dona Adelina não tinha nada a temer, mas para evitar as maledicências do povo, era melhor irem para o fundo da igreja, onde não seriam vistos.

O rosto de Seu Gregório se iluminou. Hoje, ela se declararia, dir-lhe-ia que o tanto que lhe evitara, era por que lhe queria demais.

Assim, antes mesmo que ela pronunciasse qualquer palavra, Seu Gregório se adiantou, dizendo-lhe: "Não diga nada, eu já entendi tudo". Deste primeiro momento, em que ele lhe cortara a palavra, deu-se início a sua vida de pleno mutismo.

Dona Adelina ainda suspirava de alívio – afinal ela havia compreendido que vinha se comportando mal –, quando Seu Gregório se atirou para cima dela, num assomo de paixão. Ele não perderia a chance, esperava somente o dia em que ficariam às sós e este dia, enfim, chegara.

Dona Adelina afastou-lhe com repulsa, mas ele a trouxe para junto de si, segurou-lhe sem dúvidas pelas coxas, passou a mão em sua nuca, descendo pelos cabelos e ela já não podia mais resistir.

Naquele momento, ela foi transportada para outro mundo, um mundo que só existia quando ela fechava os olhos, ao qual ela nunca tinha tido acesso até então. Neste, não tinha marido, não tinha filhos, não tinha idade, nem padre, nem pecado. Não tinha dúvida. Nenhuma. Era tão fácil chegar lá, bastava fechar os olhos. Para que mais teria que fechar os olhos para alcançar tal plenitude? Para que mais?

Ao abrir os olhos, contudo, Dona Adelina encontrava seu velho mundo. Cheio de remorsos, de arrependimentos. E pior, destituída de tudo o que mais prezava: sua honra. Viveu com esta culpa por toda a vida e emudeceu. Não falava da vida dos outros para evitar chamar atenção sobre a sua.

Foi assim, absorta em sua mudez, sem explicação alguma que, nesta ocasião, um dia após o casamento de seu último filho solteiro, pegou uma muda de roupas e foi viver na casa da rua de trás.

Seu marido não suportou o golpe. Encontraram-no dois dias depois com os pulsos cortados e já sem respiração. Não deixou carta.

Que noite! Tive um pesadelo pavoroso, acordei arfando, ofegante, sobressaltada. Contei-o para Stela e Giordano, que não viram nada de mais, que eu estava exagerando. Ninguém mais me entendia. Ninguém. A incompreensão é fonte da maior de todas as solidões. Ô gente insensível, viu?

Estava, no meu sonho, sempre acompanhada de uma senhora estrangeira, bem mais velha que eu. Essa senhora não me dava paz. Estávamos em uma fila e ela – era só eu me distrair – passava na minha frente. Eu não deixava, recobrava meu lugar. Mas ela, também, por sua vez, não desistia. E vinha novamente, me ultrapassava, fingida, dissimulada, como se não estivesse fazendo nada de errado. Que raiva me deu a certa altura. "Bem que dizem que estrangeiro é tudo mal-educado" – comentei com outra pessoa na fila que assentiu com um meneio de cabeça.

Acordei com um pulo da cama, de uma só vez. Que horror, que horror! E Stela e Giordano não entendiam e eu, de minha parte, não sabia explicar o que houvera me aterrorizado tanto, mas sentia e me dava razão por me sentir assim.

Sentia raiva de eles classificarem minha angústia como chilique. Não encontrara uma palavra de conforto ou consolo por parte dos que me cuidam. Tomei o café desolada.

Relevaria mesmo assim. Giordano estava carinhoso, me deu bom dia com um beijo no rosto. Estávamos comendo umas torradas com geléia de morango e café amargo, quando ele me perguntou:

– Lembra-se que dia é hoje?

– Ah, claro, como iria me esquecer? – respondi.

Disfarcei e fui ao jornal conferir: 16 de abril de 2009. Era o dia dos meus 60 anos!

De repente, tudo fez sentido. O sonho, a velha, atrevida, querendo me ultrapassar. A Valentina velha sobrepujando a nova, alegre, vivaz – mas ela lá, sem desistir, mostrando que a idade chega, que é só nos distrairmos que ela nos ultrapassa. Estava aí, a origem do meu assombro com aquele sonho.

Fiquei alegre, sim, fiquei! Estava cumprindo 60 anos, bem ou mal, tinha vencido mais uma década. E Deus me deu um presente maravilhoso, lucidez para entender cada felicitação, cada demonstração de carinho que recebi no dia, provando que aquela velha, para mim, ainda era uma estrangeira.

Nem no dia do meu aniversário Stela teve a brilhante ideia de me dar sossego e desaparecer. Mal me levantei e lá estava ela, já na cozinha com um falso sorriso no rosto e mostrando todos os dentes da boca ao me saudar:

– Bom dia! Hoje é o seu dia, lembra-se?

Tudo que ela fazia me irritava sobremaneira. Essa convivência excessiva torna-se tão ambígua: tão desgastante e tão necessária. Queria tanto não gostar dela de vez e não me importar por maltratá-la nas horas em que o fizesse ou, então, e melhor ainda, conseguir ser uma pessoa tão melhor do que sou e parar com essas implicâncias ilegítimas e sem fundamentos. É que quando a fala dela toca exatamente no ponto da minha deficiência, isto me tira do sério.

Hoje é meu dia? Como assim, meu dia? Que dia é hoje? Não fiz caso, e não respondi. Não ia permiti-la se regozijar com minhas falhas. Peguei o jornal para conferir, sem dar o braço a torcer de que não tinha nem a mínima ideia do que ela falava. 16 de abril de 2009. Era o dia dos meus 60 anos! Em menos de meia hora, essa cena se repetiria com Giordano e, novamente, eu buscaria o jornal.

– Claro, é meu aniversário, como iria me esquecer – respondi bruscamente com o mau humor das manhãs.

Giordano veio e tomamos o café juntos, nos olhando e sorrindo um para o outro em silêncio, cada um lamentando sua sina, apiedando-nos de nós mesmos, sabendo um e outro o que pensávamos, mas não ousávamos falar. O filme da vida rodava, as memórias passando como em uma película: a vida juntos, as alegrias e os enganos, as ilusões desfeitas, a traição, a animosidade, o ódio inefável, a reconciliação e agora a afeição, a cumplicidade, a dedicação irrestrita, o cuidado. Como eu lhe era grata, queria dizê-lo, mas não o fiz. Eu não suportaria. Eram muitas emoções para um único dia.

Aos 40 anos não sabemos se já alcançamos ou não o maior pedaço de nossa existência. Aos 50, contabilizamos metade. Estamos a meio percurso, seguramente. Aos 60, porém, já não restam dúvidas e é quando percebemos que essa vida passa num tempinho à toa. Um suspiro e já se foi. E ando com mais medo do adoecimento do que da finitude. Hoje tenho mais receio do pedaço que tenho que passar desde aqui até alcançá-la. É isso o que me apavora e me faz perder noites insones.

Posso dizer que quase perdi o medo da morte. Às vezes, até a desejo, elucubrando acerca de tão dourada eternidade que viria a encontrar. Reencontraria meus pais, pessoas queridas. Ai, que bom, rever mamãe! Quanto tempo haveríamos de levar abraçadas? Pois revê-la não bastaria. Seria preciso abraçá-la tão forte, tão forte, a ponto de não mais sabermo-nos duas e nos tornamos uma apenas.

Quase perdi o medo. Quase. Porque tem horas em que duvido. E se não houver encontros? E se não houver o outro lado, o além, o alvorecer prometido?

Só de pensar me apavoro. Sinto um desespero tão grande que canto para saber-me viva. Canto alto, forte, grave, agudo e em falsete. Ouvir a própria voz me faz acreditar que existo. Ainda existo. Sou matéria viva, sou real.

Pensava sobre o que haviam sido estes 60 anos de vida enquanto cantava, baixinho e sussurrado, *Elvira escuta* – "não sejas traidora, tem dó de mim, tem dó dest'alma que te sabe amar". Era a música preferida de mamãe. E as lágrimas desciam tímidas e grossas pela minha face.

Giordano não tolerou, passou a mão em meu rosto, com carinho e amargura, num gesto de me secar as lágrimas. Em seguida, contudo, se levantou porque já seus olhos também marejavam.

Estava absorta em minhas reflexões quando Stela pousou a mão sobre meu ombro, rompendo a fita do filme da vida. As fitas antigas, nas sessões de cinema, rompiam-se. Acendia-se a luz, perdia-se um pedaço, enfim, eles tinham remendos. Quando assisti a *Marcelino Pão e Vinho* – a estória do solitário menino criado por doze frades franciscanos – isso aconteceu pelo menos umas seis vezes. O filme da vida, por sua vez, não interrompe, mas como há remendos.

Lá vem Stela:

– Hoje é um bom dia para terminarmos o livro, não acha?

Enxerida! Pensei em não responder, juro! Nem resposta vou dar – pensei. Mas, voltei atrás, ela cuidava de mim e o fazia muito bem; afinal de contas, quem iria me tolerar demente e rabugenta como estava?

– Livro da vida não tem fim Stela, ou por acaso você está apregoando minha morte? – respondi com meu azedume costumeiro, intolerável e ainda vigente.

– Imagina, Titina, que horror!

Titina, Titina, Ti-ti-na, de onde havia tirado isso? Meu apelido sempre foi "Vale", em casa, no colégio, entre amigas, na família e agora me vinha ela com essa de Titina. E quando eu lhe falava, ela dizia:

– Já estou tão acostumada, não me sai mais "Vale"!

O pior de tudo das chateações de Stela, é que o meu outro eu fica me censurando, dizendo, coitada, como você é implicante, deixa a moça te chamar do jeito que lhe convier, o apelido é até simpático, bem mais que o seu, varia esse apelido um pouco. Mas eu sou rotineira, previsível, não gosto de variações – meu eu tenta explicar ao meu outro eu. E assim prossegue, a briga entre o anjo e o demônio que coabitam em mim.

Retomamos o livro, fazer o que, não é mesmo? Voltamos à parte em que eu esperava o telefonema de Agnus.

Naquele dia de minha imensa ansiedade, ele não ligou. E nem no dia seguinte, e nem no outro. Eu já tinha comido as unhas, perdido o juízo, tentado gastar minha energia fazendo ginástica, discutindo no trabalho – é, eu estava trabalhando –, xingando os filhos e a aflição lá, me tirando todo o sossego. Eu nem nutria mais esperanças quando o telefone finalmente tocou. Quer dizer, eu nutria sim, já que a esperança é uma planta quase morta. Se você a podar, verá que no centro de seu caule há seiva. Basta dar-lhe substrato e calor, que ela volta a florescer. As plantas, como nós, têm momentos ruins. A esperança também.

Àquela altura, eu já estava totalmente em seu domínio, quase me humilhando por aquela ligação. Ele sabia fazer as coisas, tinha muito treino. Eu tinha que admitir, eu era muito amadora no jogo do amor.

Disse que teve que viajar com urgência, que tentou me avisar, mas estava em um local inóspito e distante, visitando um primo que soubera, no dia seguinte ao casamento, estar terminal. Eu acreditava no que dizia, e era mesmo verdade, mas sabia que não havia ligado simplesmente para me deixar em completo tormento. Ele não conhecia minha aflição, aquela entropia gritante que me toma conta. Se conhecesse, estaria se regozijando da meta plenamente alcançada. Mas eu também sabia disfarçar, e como sabia! Era o que havia feito por toda vida e, enfim, não dei o braço a torcer:

— Olha que surpresa, eu também estava pensando em te ligar, mas estes dias foram tão conturbados, juro que não tive tempo. Mas, como foi de viagem?

Ele respondia e eu já nem ouvia mais, apenas deliciava-me por me sentir desejada, por ele ter enfim me procurado e por não ter sido aquele encontro apenas mais uma boba fantasia de juventude. Agora era real, estava acontecendo e eu me sentia flutuando na abóbada celeste!

Era tão difícil ser eu! Este sempre fora o obstáculo maior de minha vida — será que todo mundo é assim? Ou eu somente? E, de repente, magicamente, tudo se transformara. Era tão bom ser Valentina! Eu não queria ser mais ninguém! Não queria viver nada a mais ou menos do que estava vivendo. Estava em estado de graça! Sentia-me transportada de um sopro de vida para outra, completamente diferente da que tivera até então. Estava feliz e isto me fazia correr sério risco de vida: a aflição vigilante repousava!

Agnus, esse nome plural de um homem singular. Passei a vida toda pensando que um dia nos reencontraríamos. A vida inteira mantive-me vaidosa, preocupada com o peso, as rugas, mas deixei por conta do destino decidir o dia. Só que o destino se esqueceu de sua tarefa. O futuro me alcançou e agora a expectativa do grande dia se transformou em pavor de que isto venha a acontecer. Como posso querer que ele me veja assim? Desmemoriada, decadente, cabelos grisalhos, unhas por fazer, roupas e semblante de senhora.

Já não almejo mais o reencontro e hoje vejo que tudo que deixei nas mãos do acaso não logrei alcançar. Se soubesse — ah, se soubesse! — teria provocado o acontecimento, teria cavado um destino que desse conta de minhas pequenas ambições. Mas não tinha coragem. Eu era Valentina só no nome. Seria muita ousadia.

O reencontro deveria ser meu momento de glória. O momento em que nos encontraríamos sem querer, no qual eu estaria muito mais jovem do que as outras mulheres da minha idade, alegre, para cima, livre e barulhenta. E ele lamentaria ter me perdido.

Compreenderia que houvera sido a maior besteira que fizera na vida. Dir-me-ia isto. Porque o orgulho perde seu valor a certa altura. Passa a não significar mais nada. Perde quem o mantém, ganha quem dele se liberta e coloca os sentimentos à frente.

Agora eu sei, nunca mais vai acontecer. Não desta forma. Se um dia isto se passar, ele encontrará uma mulher em boa forma e aparência física para sua idade, mas ceifada em sua autonomia, necessitando que outros cuidem dela. E nada do que sonhei para este dia vai acontecer: a admiração, as lembranças, a saudade e o sexo mais uma vez, com muita intensidade e muita paixão. O futuro me engoliu e, hoje, tenho a dimensão de que não devemos delegar ao acaso algo que queremos com toda nossa alma e profundamente. Porque o acaso é relapso, negligente e não dimensiona a força do nosso desejo.

Fomos jantar em um restaurante fino, não me lembro do nome, faz tempo que fechou. Aprontei-me no melhor dos estilos: bolsa, vestido, sapatos, cabelo, maquiagem, não deixei faltar nem um pequeníssimo item. O vestido era de cor magenta, elegante, mostrava meu colo, sem ser excessivamente decotado. Fiz um penteado que deixava a nuca à vista e passei uma gota de perfume já pressentindo sua respiração visitando aquela parte de meu corpo.

Estava feliz, duma felicidade contumaz. Era meu auge, 36 anos, ainda jovem, magra e linda. Os trinta anos são o ápice da mulher, é o momento da maturidade e da florescência da forma física.

Comemos bem, fiz graça para os garçons, bebi até ficar meio alta, na medida certa entre o relaxamento e a elegância. Eu gesticulava com as mãos, ria com frouxidão, levantava o vestido à altura do joelho enquanto dançava.

Conversamos sobre nossas vidas, falei-lhe de meus filhos, meu casamento, de Santa, de Carola e Benta e de tia Filhinha, de tio Alberto e da viagem à Turquia – que foi a única de minha vida para o exterior –, de meus pais, do Santa Tereza e do quanto sofri nas mãos das freiras do Colégio. Tudo, falei de tudo! Com um desprendimento inédito até então. Sem vergonhas, sem limites, me divertindo com minhas mancadas que outrora tiveram o tão grande êxito de me fazer amargar sofregamente.

Experimentei, naquele dia, o amor pela primeira vez. Conhecia o casamento e o sexo sem compromisso – que experimentara após a separação, mas não a magnitude do sexo pleno de todos os sentimentos: paixão, desejo, afinação, acidez, gozo, argúcia, sagacidade.

Agnus e eu conhecemos uma das experiências mais exultantes que se pode viver: o amor correspondido. Sem disfarces, sem jogos, sem medo de entrar de cabeça. Nos víamos todos os dias, não tolerávamos a distância, o dia se arrastava, custava a passar e o encontro passava numa velocidade inacreditável, parecia durar o tempo de um leve suspiro.

Chegamos ao ponto de já não querermos mais esperar pelo momento de nos encontrarmos, queríamos dividir a vida, a rotina, estarmos juntos quando bem quiséssemos e a todo o momento. Era insuportável, no ponto no qual estávamos, prosseguir daquela forma, sem a liberdade de dormirmos juntos – já que meus filhos estavam entrando na adolescência e achávamos inadequado enquanto não oficializássemos a união –, de nos vermos com mais frequência, de compartilharmos as grandes e as mínimas coisas.

Era um ponto de vista comum, falávamos sobre a necessidade que tínhamos de estar juntos, mas não nos propúnhamos a, como se diz, "ajuntar os trapos". Até que aquilo chegou a um ponto em que ousei propor, mas como a coisa se arrastou tanto até ali, na verdade, eu estava até receosa, com medo de descobrir algo que viesse a atrapalhar o que posso chamar de o melhor momento da minha vida.

Propus. Até para tirar a cisma da minha cabeça. Bobagem, estávamos tão afinados, numa sintonia tão incomum. Mas são inevitáveis os revezes da vida e a explicação do porquê que aquilo, que tinha toda a intenção de acontecer, não acontecia, veio. Agnus, para minha extrema surpresa, era um homem casado.

– Ai, Titina, esse Agnus, hein? Não era flor que se cheire. A gente não pode confiar em homem, eles são todos iguais, nenhum presta! Ô, raça!

– Stela, sua função é apenas e somente, exclusivamente – dei ênfase na pequenez de sua participação só para importuná-la -, anotar. Os comentários, eu dispenso.

– Iiiiiihhhh, um palpitezinho de nada, credo!

– Você quer fazer o livro, não quer? Então, faz sua parte, que eu faço a minha. Anota aí, anda.

Não me senti traída, nem tive raiva, nem vontade de matá-lo. Nada que se comparasse à cólera que senti no episódio com Giordano, tamanha foi minha tristeza. O que sentia era uma impossibilidade tão grande de ser feliz, de ter direito ao amor, tudo isto somado a uma decepção, que não sei se com a vida, com os homens, ou com ele, aquele homem. Era, sobretudo, uma incompreensão: como aquilo poderia estar acontecendo?

Agnus não tinha temperamento, estilo, jeito de homem casado. Pior, com família, filhos. Filhos, isto, tinha filhos. Era mesmo crível esta história? Ele tentava argumentar, me explicar, mas eu estava paralisada, atordoada, não ouvia, não queria ouvir, queria ter meu momento sozinha, para fazer um esforço de entender.

– E aí? – Stela, de novo.

– Espera, deixa eu pensar. Preciso rememorar. É para o sentimento vir, entende? Se ele vem, sei falar. Espera…

Dispus-me a escutá-lo, deixei que se explicasse, chance que não dei a Giordano. A verdade é que eu não me iludi. Ele tinha também, finalmente, descoberto, conhecido o amor. Ele havia, de fato, se entregado. E eu achava aquilo tão bonito!

Dizia que, se quisesse, se ainda acreditasse nele, largaria a mulher, a família, tudo para ficarmos juntos. Não fazia mais sentido sua resistência ao amor, nem para ele mesmo. Foi muito divertido, por toda a vida, brincar de fazer as mulheres se apaixonarem, ter uma galeria de pretendentes, de apaixonadas, de antigas namoradas que jamais lhe esqueceram. Mas a graça acabou. O sabor destas conquistas tornara-se insípido e agora o que lhe atraía era algo bem mais simples, e muitíssimo mais incomum.

Eu precisava pensar. Já não tinha certeza de mais nada. Apenas pressentia que a estrada principal de minha vida: casamento, família, filhos, não houvera me levado a nada. Era preciso buscar as vicinais para ser. A linha reta pertencia aos fracos.

Agnus fazia minha aflição mais aflita, e era tão bom! Essa intensidade era tão original, tão verdadeira, era vida viva e isto jamais houvera acontecido comigo. E quem viver verá: não se rechaça algo desta magnitude.

Foi um tempo para mim jamais vivido e mais, jamais imaginado. Desde que me casei, imaginei-me atrelada a Giordano, até o fim.

Com Agnus aprendi tanta coisa! Coisa boba, por exemplo, tomar banhos longos, e se a água não estiver pelando, não serve. Não é que aprendi, é o vício de dizer. O termo correto seria: passei a me permitir.

Fico embaixo do chuveiro até a pressão cair. Saio do banho bamba e descamada e depois deito-me folgadamente, até recuperar minhas forças. Sem pressas, como se tivesse todo o tempo do mundo. Até sentir frio e animar-me a pôr a roupa.

Teve um dia em que me excedi. Por quê? Para quê? Não sei. Era um tempo de superações, de me testar. E fui, fiz essa coisa sem sentido, só mesmo para fazer algo sem sentido, que nem eu mesma sei explicar. Deixei que a água caísse em temperatura quase insuportável nas minhas costas, queria o máximo do relaxamento, a égide do hedonismo.

Terminei o banho e fui passar Hipoglós. Estava em carne viva. Besuntei. Tinha tomado gosto por me lambrecar em pomadas, cataplasmas e coisas assim, as mais gosmentas possíveis.

Havia acabado de descobrir que o sexo é úmido, lambrequento, melequento, faz bagunça, suja, tem cheiro forte. Até então, para mim, sexo fora um ritual que incluía toalhinhas, paninhos, higiene, lavações e, certo modo, eu havia me encantado com aquela descoberta.

Depois do sexo, me lambuzava toda com o esperma. Sentia como se ele me tivesse sido ofertado. Passava na barriga, nos seios, enfim, ia subindo até, por fim, esfregá-lo em minha cara e lamber e cheirar minhas mãos incansavelmente.

Como eu era infeliz na vida, como podia ser tão sem sorte no amor? Por que as certezas da vida me eram tão precárias? O que me levava a me decepcionar sempre? Agora, todos os outros relacionamentos e os outros casamentos me pareciam felizes. Eu que já estivera dentro de um e sabia dos seus inúmeros vieses, agora desejava nunca tê-lo largado. Claro, vejam minhas amigas, minhas primas, meus irmãos, tem lá suas desavenças, seus desacertos, mas são todos realizados na vida a dois. Só eu não, só eu.

Agnus procurou Santa para que ela intercedesse. Não tolerava minha recusa em vê-lo. Fora indelével nossa experiência, esse naco de vida que compartilhamos. Tinha que me ver novamente, estava indócil, desorientado, logo ele, que nunca se deixava envolver, duma frialdade atroz quando se tratava de mulheres, naquele estado, desesperado.

Resisti o mais que pude. Instaurou-se em mim a eterna guerrilha de meus ambos os lados: a vontade de me jogar em seus braços imediatamente *versus* meu medo de novamente me decepcionar.

Não, não, não queria vê-lo, eu tentava me convencer. E quanto mais Santa falava do estado em que ele estava, do jeito lamentável em que lhe encontrou, mais eu torcia para que ela insistisse mais um pouco, até o ponto exato em que eu pudesse ceder sem abrir mão de minha dignidade.

– Tudo bem, diga a ele que o encontrarei, mas que minha resposta é não, desde já. Que ele tenha clareza disto – decidi por fim.

Encontramo-nos no Café Pérola e ele reiterou suas promessas: largaria a mulher, a família, tudo para ficarmos juntos. Não temia nada mais, nem a entrega, nem o amor, nem sua família. Seu único temor era mantermo-nos afastados.

Meu coração disparava, eu tremia, estava atordoada, mas não queria demonstrar. Tinha que me segurar um pouco mais, um pouco apenas, ceder com dignidade, esta era a proposta, lembram-se?

Fiz que não queria, morrendo de querer; fiz que duvidava, cheia de certeza. Mas, ao final, estávamos entre lençóis, suor, risos e lágrimas, nos amando como se fosse pela última vez. Ele dizia o quanto me amava, da transformação que nossa história provocou em sua vida, de que nunca imaginara que um dia pudesse ser um homem tão feliz e outras tantas coisas mais, que eu embevecida pelas suas palavras e pelo deleite daquela noite tão apaixonada e brutal, já nem escutava mais.

Voltei para casa sentindo que a perfeição enfim existia, sem caber em mim, tamanha minha felicidade – e nem era felicidade, era mais; me digam o que é maior que felicidade e faço o uso desta outra palavra. Iríamos comunicar nossas famílias e nos encontrar no dia seguinte.

O dia passou arrastado, mas de um arrastar-se leve. Foi uma demora agradável, pois o transcorrer do dia fora pouco para que me fosse possível absorver tudo o que tinha vivido na noite anterior.

E eis que neste dia, Agnus veio. Veio, mas não me senti confortável. Assim que lhe vi. Imediatamente. Não sei, tinha algo. Ele houvera retroagido de seus propósitos, só podia ser, só podia. Homens, são todos uns covardes. Como pude acreditar!

Todas as possibilidades passaram-se pela minha cabeça enquanto ele marchava da porta do restaurante em direção à mesa onde eu me sentara. Mas, nunca, nunca me houvera passado o que ele vinha me contar.

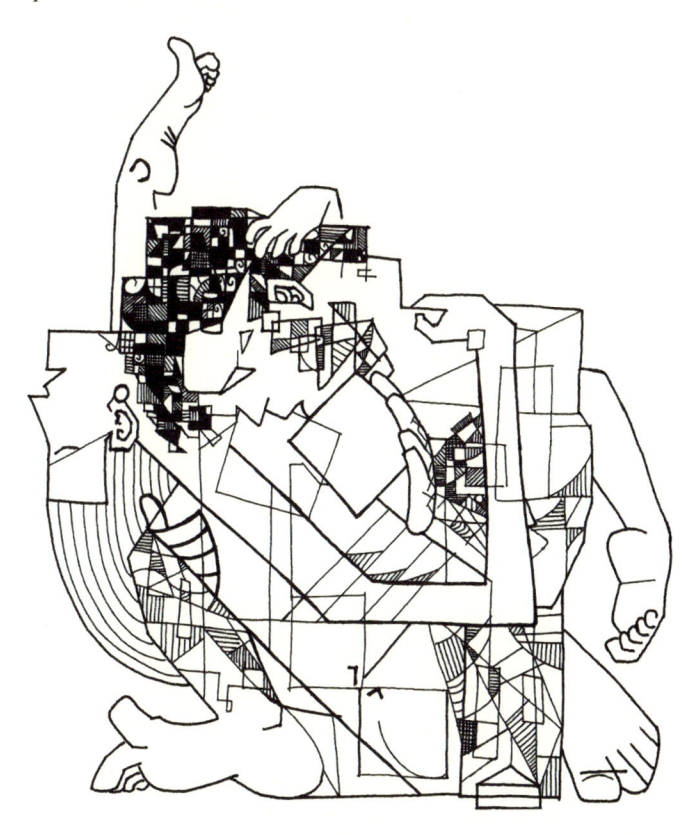

Agnus havia pedido a separação à sua mulher, contou-lhe de nós, de como começáramos, do quanto me amava, do quanto era impossível prosseguirem. Ela tomou-me por uma de suas amantes e disse que tinha algo sério a tratar, e não de mais um de seus casos de amor. Ele insistia, que não, que ela estava errada, eu não era apenas uma mais, eu era "a mulher". E ela também insistia, insistia em não ouvi-lo, tinha algo importante a lhe dizer. Ficaram neste impasse, quando num rompante, ela soltou. A filha deles, 16 anos, estava com uma enfermidade rara e grave, de difícil tratamento e com grandes probabilidades de ser fatal.

Era isso. Essa era a notícia que ele vinha me trazer e que eu houvera suspeitado desde que ele atravessou por aquela porta. Era essa a notícia, a maldita notícia.

Ficamos calados por um bom tempo, ele cabeça abaixada, mãos na têmpora, duplamente infeliz. Eu, petrificada, lamentando minha fortuna, a inacabável incompletude da minha vida amorosa, a fatalidade do que o destino a mim reservara.

Ele me tocou as mãos, e devagar levantou o rosto. Olhou-me de esguelha, com olhos de lamento. Eu sabia qual era sua decisão e não o condenava. Em ocasião semelhante, eu também haveria de escolher por meus filhos, quaisquer que fossem. Se há algo nesta vida pelo qual não medimos esforço algum, estes são nossos filhos, estes seres que amamos desde a hora primeira em que os pressentimos em nosso ventre. Minha opção não teria sido diferente e eu não queria fazê-lo duvidar de que houvera feito a escolha certa. Teria sido cruel, por mais que o quisesse a meu lado.

Ajudei-lhe a tomar sua decisão, falei-lhe que faria igual. Que fosse. Quem sabe um dia?

No dia anterior amávamo-nos como se fosse a última vez, desconhecendo que realmente o fosse.

Stela chamou para lanchar. Estava sem fome, mas fui. Meus movimentos e minhas maneiras têm sido automáticas e treinadas.

E não me sinto podendo desagradar a ninguém. Tenho que ser grata, apesar de querer ser uma mal-agradecida a todo o tempo. Os excessos de cuidado me cansam, mas sei que necessito de cada um deles. E a carência afetiva me ronda. Ando tão necessitada de tudo que aceito o tanto que os meus me dão. Tanto de que? Tanto. Só o tanto.

A certa altura, Giordano se cansou da novidade. Encantou-se por mim, pela nova Valentina que surgira com a separação. E eu... quis voltar. Tinha saudades daquela casa com ele dentro, daquela vida com marido para cuidar. E voltei inteira: a mesma de antes, como se tudo que experimentei não tivesse valido. Porque todo aquele arrojamento que me acometeu não foi uma opção. Fui empurrada para aquela vida, foi uma estratégia de sobrevivência.

Todos me condenaram, até minha família. Ninguém entendeu como pude ceder àquele retrocesso. Logo agora, que estava vivendo uma estória de amor, algo genuíno e importante. Havia, enfim, me dedicado a alguma coisa por inteiro, de corpo e alma. Assim que a questão da filha de Agnus se resolvesse, poderíamos retomar do pé em que havíamos parado.

Contudo, a reconciliação fazia com que eu não precisasse mais me virar, me permitia voltar ao estado de antes, meu insistente e indomável *status quo*. E isso não me trazia alegria, mas me dava conforto. E conforto era tudo o que eu precisava. Felicidade é um luxo, não é para mim.

Além de mim, nada mais era o mesmo. Eu tinha em mim uma nostalgia de um tempo, na verdade, nunca havido, pois meu casamento nunca foi lá essas coisas. Mas eu queria. Eu queria tudo outra vez. Tudo aquilo que eu acreditava que dessa vez poderia ser.

Mas, que angústia abissal fora esse retorno. Não tinha nada como antes, tudo era novo e nada familiar. Antes tivesse arranjado outro marido, pelo menos teria ilusão.

Suas mãos antes quentes e deslizantes, hoje eram grossas, impossíveis de compor meu corpo. A voz áspera, sem sintonia. O olhar denso, sem ser penetrante. Nada apaziguava. Não eram as mesmas mãos aquelas mãos. Apenas o mesmo dono. E a voz, o cheiro, o hálito. Já não havia mais o mesmo homem naquele corpo. Era outro que simplesmente aceitei. Coabitava com um estranho.

Só o quadro. A imitação de Vermeer, a *Moça com brinco de pérola*. Era belo, eu gostava de observar os lábios encarnados daquela moça contrastando com a alvura de sua pele, a beleza do trançar dos lenços no alto de sua fronte, o jogo das cores, o azul e o ocre, o nariz finamente esculpido, os olhos desconfiados de gueixa, a delicadeza desconcertante da pérola. Mas não era por isso que aquele quadro me paralisava obrigando-me a observá-lo. Tinha algo ali, algo a ser decifrado, o sorriso plangente, que era profundamente meu também.

O quadro, sim, ele era o mesmo, me remetia às mesmas coisas de antes, me levava aos lugares de sempre. Parava no quadro e a vida fazia sentido. O sentido estava ali, naquele fixar-me, naquele sofrear-me, naquele arrebatamento, aquela imobilidade que o quadro me impunha. Era isso que eu sempre fora na vida: imóvel, um ser estático, sempre tragado pela vida alheia, pendente de ser de verdade.

Capítulo por capítulo, vou indo desta minha historia, para não perder aquilo que já está inevitavelmente perdido: uma vida. E preciso guardá-la para que não submerja tudo de vez.

Hoje Stela se atrasou. Fiquei nervosa, sentia sua falta. Tive medo de que não viesse. Estava acostumada com sua presença na casa, seus palpites, sua bisbilhotice inocente e perspicaz. Comecei a ficar tão ansiosa com o atraso de Stela, pus sua família toda em alerta. Fiz meu filho ligar para sua casa, seu celular, que não atendia, roía as unhas, olhava o relógio sem parar. Enrolei-me em meu xale e comecei a andar de um lado para o outro, sem parar, passando as mãos no cabelo, olhando para o alto e dizendo: "Meu Deus, oh, meu Deus!", protagonizando uma cena propositalmente exagerada, típica dos dramalhões.

Tinha que seguir com o livro, como o faria sem Stela? Era ela que me instigava, que me fazia contar, que me ajudava a acrescentar sempre um detalhe com suas perguntas infinitas, que conduziam a uma nova lembrança, um novo pedaço, um relembrar, rememorar.

Chegou, enfim! O ônibus havia quebrado no meio do caminho. Eu já tinha colocado sua família louca, já que ela havia saído de casa no horário de sempre. Que ligasse para casa logo e viesse sentar-se comigo para prosseguirmos com nossas anotações. Mas antes teve que me aborrecer: café da manhã, trocar de roupa, remédios, pentear o cabelo... Em menos de dois minutos conseguiu fazer-me detestá-la novamente e desejar que não tivesse vindo.

Onde havíamos parado? Era ela quem me lembrava: eu e Giordano voltamos, depois de todo o fulgor da paixão vivida com Agnus, estava eu de novo, mar marulhoso em busca de calmaria.

Giordano não voltou porque queria reconstruir nosso casamento, não tinha um projeto para nós dois, não se propunha a ser melhor em nenhum aspecto. Voltou por voltar, porque estava acostumado. E eu, tão habituada às concessões, não exigi nada. Aceitei sua indiferença, sua frieza e até as outras mulheres. Ele havia tomado gosto pelas aventuras, por qualquer outra mulher que não fosse eu. Sentia uma punhalada no peito cada vez que eu via em sua roupa um novo perfume, em seus bolsos um bilhete, em seu celular o registro de um novo número. Não sei qual motivo me levava a continuar acreditando no casamento, no amor eterno das uniões duradouras, que a vida a dois tinha que ser para sempre. Mas teimava em insistir.

Poderia traí-lo se quisesse, tínhamos um acordo tácito, mas sou monogâmica por natureza e convicção. Sou mesmo uma aberração para os tempos de hoje. Em tempos que todos correm contra o tempo, me dou o tempo do mundo. Não por indolência, mas porque só sei ser assim. Em tempos em que todos traem, sou fiel. Não por hipocrisia, mas porque só consigo ser assim.

Não levou dois meses desde o diagnóstico de tio Domingos até sua morte. Foi como se ele houvesse puxado o carro porque, depois dele, o que mais fizemos foi frequentar velórios e missas de sétimo dia. A vida nos faria uma grosseria imperdoável tomando-nos as pessoas mais preciosas.

Depois de tio Domingos, havia chegado a vez de minha mãe. Meu pai, que sempre dependeu dela para viver, apaixonou-se e foi também. Não podia ser diferente. Eu, pelo menos, sempre imaginei assim.

Rezei tanto pela vida de mamãe, invoquei santos que nem conhecia. E, quando o médico veio com as últimas notícias, dizendo-nos já não haver mais esperanças, rezei mais forte ainda, com devoção, com um fervor que eu desconhecia em mim. Rezei firme, rezei alto, rezei cantando. E não me atrevi mais a lhe escutar.

Foi em vão. Sua passagem foi em meus braços.

Ela não estava enganada, sabia que havia chegado o momento e, sabendo-me frágil, preocupou-se em me consolar:

- Dizem que a morte é muito bonita... - foram suas últimas palavras.

Ao que lhe respondi:

- Será, mamãe, será!

Fechei seus olhos e fui chorar. Um rio de lágrimas, um mar de saudades, um furacão de sentimentos. Como não chorar por uma mãe assim. Quisera eu ser metade da mãe que ela soube ser. Até em seu leito de morte, cuidou de me amparar.

Dali seguimos, Giordano e eu (meu pai não tinha a mínima condição), para acertar os detalhes do velório: local, flores, roupas, modelo de caixão. Tomei-me por um estranhamento tão grande, minha mãe morta e eu ali, sendo obrigada a ser tão prática, tão resolutiva. Senti culpa. Senti que alguém deveria ter feito aquilo por mim. Claro, eu deveria estar ao lado dela, chorando, sofrendo, e não, estava ali, decidindo sobre roupa e maquiagem com uma praticidade que chegava a ser ultrajante. Este sistema estava errado, era incabível funcionar desta forma, não podia ser assim.

Resolvidas as questões burocráticas, fui ficar com meu pai em sua casa, de certa forma pressentindo que enfrentaria uma noite interminável. Parecia que o tempo havia parado. O silêncio, a noite soturna, a morbidez que pairava, o ar condensado. Escutava os gemidos de papai e não suportava ouvi-los, seus soluços vindos do fundo da alma. Não queria que ele chorasse, mas não podia consolá-lo porque o consolo não encontrava nem para mim mesma. Porque eu também chorava e eu mesma não me convencia a não fazê-lo.

Desesperador. Tentei tapar os ouvidos, calar, dormir. Não funcionou. Não funciona. Nada funciona.

"Só o tempo..." – todos te dizem. Mas o tempo que o tempo se dá para as coisas melhorarem é muito, é lento, e arrasta. Pesa mais que carregar pedras e alcança muito pouco êxito.

Assim é a morte; no primeiro momento você quer falar daquilo o tempo todo, como se todo mundo tivesse que saber da sua dor. A gente fala, fala incansavelmente, insistentemente e aquilo não te basta. Por mais que se fale. Então, você chora. E nem assim. E suspira aos montes. E menos assim. E grita, esperneia e chora. Depois, você não fala mais. Porque ninguém vai entender mesmo. E nem você entende.

E todos acham que já passou. "O tempo cura tudo... Ela já está bem melhor..."

O tempo! Que tempo é esse? Existe tempo que dê conta de uma saudade de nunca mais para o resto da vida? E hoje eu sei (como eu sei!) que o resto da vida é muito tempo.

Para mim, não foi surpresa que meu pai fosse logo em seguida. Eu nem conseguia vê-lo sozinho, sem ela, sem mamãe. Era como se fossem um quebra-cabeça, e que não pudesse faltar aquela peça. Era isso, eu via papai com aquele oco no meio. Faltava. E aquilo soava estranho. Ele não pertencia mais a essa experiência.

Um dia, ele me chamou em casa – eu vinha indo lá frequentemente, não queria deixá-lo sozinho – mas neste dia, chamou-me especialmente para me passar sua coleção de dicionários.

Era um apaixonado pelas línguas, sobretudo pela língua portuguesa. Admirava-a. Gostava de conhecê-la. Descobri-la. Explorá-la. Brincava conosco, solicitava-nos que abríssemos aleatoriamente o dicionário e escolhêssemos uma palavra ao acaso. Divertia-se em ser desafiado.

– Antípoda – eu lançava a provocação.

– Oposto, contrário, que se situa, geograficamente, em local diametralmente oposto! – respondia extasiado.

Eu fingia ter ficado chateada por não conseguir uma palavra que ele desconhecesse, mas na verdade, gostava de vê-lo acertar, pela alegria ingênua que isto lhe proporcionava.

Pois bem, neste dia, despedi-me de meu pai. Ele me chamou dizendo que queria me dar seus dicionários, estava arrumando os pertences de mamãe e resolvera ele também, se desfazer de certas coisas. Queria guardar o mínimo possível de coisas, simplificar a vida.

Ratifiquei sua decisão, disse que fazia bem, a gente precisa mesmo ter menos apego, renovar-se, desfazer-se de coisas velhas, mas no fundo, eu sabia o significado daquele desprendimento.

Ele dormia enquanto realizou a passagem. O médico disse que não sofreu e isto nos confortou. Vá, meu pai, juntar-se a mamãe, que desde aqui honraremos seu nome e sua memória com a saudade pesando no peito.

Tive que perder papai para ganhar a satisfação de imaginá-lo, enfim, feliz ao lado de minha mãe. Assim nos faz a vida, nada generosa, sempre nos obrigando a perder para ganhar. De forma que, perdemos o colo para lograr os próprios passos, perdemos a infância para ganhar a juventude, despedimo-nos de nossos pais para termos nossa própria família. E deixamos a vida para ganhar a morte, que não é senão a própria vida em outra esfera, outra dimensão. E quando perdemos a memória, o que ganhamos?

Mas hoje o dia é de celebrar! Hoje é o meu aniversário! Meus 60 anos! Como estou feliz! Stela tem razão, é um bom dia para finalizar o livro. Vou terminá-lo logo, o que ficou, ficou, o que faltou, bem, não nos queixemos mais. Minha filha até falou que o livro está bonito, o que, de verdade, _ posso confessar? _ me deixou toda orgulhosa!

As pessoas foram chegando para a festa. Giordano é mesmo incorrigível, fez uma festa! Amigos, parentes, colegas seus do tempo de trabalho com seus filhos e netos, vizinhos, o pessoal do comércio aqui da rua, todo mundo.

Conversei bem com todos, sem deslizar, por nem um minuto. Estava bonita, vesti-me com um vestido nude, de um ombro só, classudo. Usava as joias com que Giordano me presenteara pela ocasião do nascimento de nossos filhos, que, claro, representam parte da minha estória, foi bom tê-las comigo.

A comida estava fina e farta, a música suave e elegante, a conversa e os assuntos deslizavam com leveza. Tudo acontecia a contento.

Até o momento em que me bateu uma estranheza, um desconforto, era ela, a velhice me alcançando, a estrangeira que me ultrapassa tão logo me distraio. Olho para Stela, preocupada: as despesas estão muito pesadas, olha essa gente toda vivendo às minhas custas, está difícil, daqui uns dias não terei mais como arcar.

Stela sorri com tristeza. Ergue as sobrancelhas e pisca os olhos enquanto faz um aceno de cabeça afirmativo. Concorda comigo por clemência.

Como as ondas do mar, que vão e vem, se dá a dualidade da vida. Escolhemos entre ir e vir, falar e calar, ousar e conformar, arriscar e ponderar, lembrar e esquecer. Tudo pode ser uma escolha. Pode ser tão bom ir quanto ficar, ou tão ruim ambos. E falar, tão bom falar, aquilo que está ali, no limite do tolerável e você fala, que bom. Mas, e se tivesse calado, poderia também e ainda ser bom. E ousar e arriscar. Mas, esquecer? Para que esquecer? Se são inclusive as mágoas, as dores, os embates, as impossibilidades que nos oferecem o contraste necessário para os momentos de felicidade. Esquecer? Para que? Se a cada vez que lembramos, revivemos.

De repente, dei falta de Santa. Onde estava minha prima amada, por que não viera em minha festa?

– Santa morreu, não se lembra? – me diz Benta.

– Santa morreu? Morreu? – Benza Deus, eu já havia me esquecido.

Grupo
Editorial
LETRAMENTO